Bibliografische Information der Deutschen Nationalbibliothek:
Die Deutsche Nationalbibliothek verzeichnet diese Publikation
in der Deutschen Nationalbibliografie; detaillierte bibliografische
Daten sind im Internet über http:// dnb.dnb.de abrufbar.

© 2016 Sabine Kalkowski
Herstellung und Verlag:
BoD-Books on Demand, Norderstedt

ISBN: 9783741209383

Berg der Finsternis

23. Juni im Jahr des Rehbocks

Erschöpft hielt Hanno inne. Schwer atmend ließ er sich auf die Knie fallen und lauschte eine Weile seinem rasenden Herzschlag. Sein Herz schlug so schnell, dass er glaubte, es müsse ihm gleich aus der Brust springen. Er legte die Hand darauf und bemühte sich, ruhig zu atmen. Allmählich verlangsamte sich sein Rhythmus und Hanno hob schließlich müde den Kopf. Er hatte völlig die Orientierung verloren. War er hier nicht schon einmal gewesen? Im trüben Dämmerlicht versuchte er, Genaueres zu erkennen. An diesem knorrigen Baum war er schon vorbeigekommen, ganz sicher. Hanno kämpfte sich auf die müden Beine und stolperte auf den knorrigen, toten Baum zu. Bei jedem Schritt schienen die Büsche des Unterholzes nach seinen Beinen und Füßen zu greifen. Jeder Schritt war ein Kampf und nahm ihm ein Stück seiner schwindenden Kraft. Dicht vor ihm sah er den abgebrochenen Ast, den er absichtlich hinterlassen hatte. Hanno drehte sich um und ließ sich den Baumstamm hinabgleiten. Den Rücken an den toten Baum gelehnt, den Kopf auf die Knie gelegt, blieb er sitzen. Er musste nicht aufschauen, um zu wissen, dass ihn dutzende von gelben Augen beobachteten. Augen, die zu Kreaturen gehörten, die so dunkel waren, dass sie mit den Schatten verschmolzen. Immer wieder hatte er die Augen im Augenwinkel aufblitzen sehen, aber sobald er genau hingeschaut hatte, waren sie verschwunden. Nur dieses leise, zischende Atmen kam aus den Schatten. So wusste er, dass sie immer da waren und warteten. In diesem ganzen verfluchten Wald gab es kaum Licht. Alles war tot und doch auf erschreckende Weise lebendig. Die blätterlosen Bäume und Büsche waren mit stinkendem Schleim bedeckt, der ein sehr schwaches, krankes Licht von sich gab. Zu wenig, als dass man wirklich etwas sehen konnte. Es vertiefte nur die Schatten und machte sie noch unheimlicher. Und die dürren Äste der Bäume schienen immer nach einem zu greifen, um alles festzuhalten, was in ihre Nähe kam. Der morastige Boden, in dem sich nur noch fahle Würmer schlängelten, klebte an den Schuhen und machte sie schwer. Und dann dieses Gewisper, das fern und doch nah war. Es ließ einem immer wieder Schauer den Rücken hinunterlaufen. Es verfolgte einen, fraß sich bis in die letzten Gedanken und beschwor die schlimmsten Phantasien über die Dinge, die sich in der Dunkelheit versteckten, herauf. Wehmütig dachte Hanno an seine Liebste, die sicherlich verzweifelt auf ihn wartete. Langsam wurde ihm klar, dass er sie nie wiedersehen würde. Tränen liefen ihm bei dem Gedanken über die Wangen. Sie hatten noch so viel vorgehabt. Das gemeinsame Leben hatte erst angefangen. Würde sie nach ihm suchen? Oder würde sie glauben, er hätte sie verlassen? Er hoffte es fast, aber der Gedanke schmerzte sehr. Aus diesem Wald gab es kein Entrinnen. Weder für die, die sich darin verlaufen hatten, noch für die, die nach den Verlorenen suchten. Und er wollte nicht, dass sie das gleiche Schicksal erleiden musste. Dieser Wald brachte nur den Tod. Hanno hatte keine Kraft mehr. Nur der Gedanke an seine Liebste hatte ihn solange durchhalten lassen, die Hoffnung, sie vielleicht doch noch wiederzusehen. Aber er konnte nicht mehr. Die Dunkelheit raubte jede Hoffnung, erstickte jeden Gedanken an Licht und

Freude. Erschöpft schlief Hanno ein. Die gelben Augen starrten ihn noch eine Weile an und schlossen sich dann. Die Geschöpfe, zu denen die Augen gehörten, wussten, dass der schlafende Mensch vor ihnen diesen Ort nicht mehr verlassen würde. Wer hier einschlief, wachte nicht mehr auf. Sie mussten nur warten und dann würde das Festmahl beginnen.

Der Bauernhof in der Wolfsenke
1 Jahr zuvor, Jahr des Wolfshundes

Langsam verblassten die Sterne am immer heller werdenden Firmament. Der wolkenleere Himmel versprach einen schönen, sonnigen Tag. Noch lag die Wolfsenke im Schatten des mächtigen Wächtergebirges, das seine Gipfel majestätisch in die Höhe reckte. Doch bald würden die ersten Sonnenstrahlen ihren Weg in die sich nach Osten öffnende Schlucht finden und den kleinen Bach wie Edelsteine glitzern lassen. Die Pflanzen auf den kleinen Feldern, die an beiden Seiten des Baches angelegt waren, waren noch schwer vom Tau, der sich nach der kühlen Nacht auf ihre Blätter gelegt hatte. Doch es würde nicht mehr lange dauern und sie würden sich der wärmenden Sonne entgegenrecken. Die ersten Vögel waren bereits aufgewacht und begannen ihr morgendliches Konzert. Eifrig suchten sie schon nach Würmern und Insekten, die, noch träge von der kühlen Nacht, eine leichte Beute waren. Das saftige Gras an den nicht allzu steilen Hängen der Wolfsenke wartete auf die Schafe, die jeden Morgen auf die Wiesen zum Grasen gebracht wurden. Im an die Wiesen angrenzenden Wald huschten die letzten nachtaktiven Tiere in ihre Verstecke, wo sie den Tag verbrachten. Die Rehe und Wildschweine schliefen noch, würden aber bald ihre Streifzüge durch den Wald beginnen, immer auf der Hut vor den Wölfen und Luchsen, die in der Tiefe des Waldes auf der Jagd waren. Über allem ragten die dreizehn Gipfel des Wächtergebirges auf. Zwölf davon zeichneten sich mit ihren schneebedeckten Hängen deutlich vor dem blauen Himmel ab. Doch der dreizehnte Gipfel war seit über hundert Jahren in schwarze Wolken gehüllt und warf seinen Schatten immer weiter ins Land. Nicht einmal die Legenden, die sich um ihn rankten, boten eine glaubhafte Erklärung dafür. Er wurde Berg der Finsternis oder auch der dunkle Wächter genannt. Es hieß, dass über dem Berg der Finsternis und seinem Wald ein Fluch lag, dass in ihm grausame Monster lebten, die direkt aus der Hölle kamen und jeden verschlangen, der in ihr Reich vordrang. Und mit jedem, der in die Fänge der Monster gelangte, nahm ihre Macht zu und die Schatten breiteten sich aus. Doch niemand, der jemals den verfluchten Wald des Bergs der Finsternis betreten hatte, war wieder herausgekommen, um zu berichten, was dort tatsächlich vor sich ging, was sich wirklich in der Finsternis verbarg. Und so blieb die Wahrheit im Dunkeln und mit jedem Jahr, das ins Land ging, wurden die Legenden weiter ausgeschmückt, die Monster grausamer, mächtiger und schrecklicher. Neue mögliche Ursachen für die Finsternis kamen hinzu und andere wurden verworfen. Mit jeder neuen Theorie wurden die Legenden lebendiger und waren stetig Gesprächsthema in den Dorfkneipen. Aber die Schatten reichten noch nicht bis zur Wolfsenke und so hatten sie kaum Einfluss auf das Leben in dem grünen Tal.

Jäh wurde die morgendliche Idylle unterbrochen. Glockengeläut und das Blöken der Schafe kündeten die Ankunft der kleinen Herde an, die zum Bauernhof in der Wolfsenke gehörte. Begleitet von Hundegebell und dem fröhlichen Pfeifen des Jungen, der sie auf die Weiden an den Hängen brachte, drängten die Tiere den Weg zu den Weiden hinauf. Die Schafe wussten genau, wo es langging und so hatten die Hunde nicht viel zu tun, außer sie ein wenig zur Eile zu treiben. Der Junge lief ihnen hinterher und genoss sichtbar die frische Morgenluft. Auf der Weide angekommen, trieben die Hunde die Schafe durch das offene Tor der Umzäunung und der Junge, Edmar, verschloss das Tor, nachdem das letzte Schaf hindurch getrieben war. Er schob sich seinen Hut in den Nacken, schirmte die Augen mit der Hand ab und blinzelte der aufgehenden Sonne entgegen. Er atmete tief durch, pfiff dann nach den Hunden und machte sich auf den Heimweg. Er trödelte ein wenig, pflückte sich unterwegs ein paar Beeren, die er genüsslich verspeiste, beobachtete eine Zeit lang ein Eichhörnchen, das an einer Nuss knabberte und spielte noch ein wenig mit den Hunden. Er wusste, dass seine Mutter Hilda deswegen wieder mit ihm schimpfen würde, aber der Tag war zu schön. Das Unkraut auf dem Feld würde auch noch in einer Stunde auf ihn warten. Seine Schwester Adela war sicher schon losgegangen, um im Wald nach Feuerholz zu suchen. Nach dem überraschenden Tod ihres Vaters im Herbst des letzten Jahres hatte sie diese Aufgabe übernommen. Edmar hatte sie begleiten wollen, aber es gab so viel auf dem Hof zu tun, dass sie es nicht erlaubt hatte. Edmar setzte sich auf einen umgestürzten Baum am Wegesrand. Hier machte er immer Rast, wenn das Wetter schön war, denn hier hatte er einen herrlichen Blick über das Tal. Gedankenverloren kraulte er einen der Hunde, der seinen Kopf auf sein Knie gelegt hatte, hinter den Ohren. Sein Vater fehlte ihm. Er hatte immer gewusst, was zu tun war und selbst im größten Chaos Ruhe bewahrt. Edmar hätte nie geglaubt, dass sein Vater je sterben könnte, so groß und stark wie er gewesen war. Aber dann war er im Wald beim Holzsammeln gestürzt und hatte sich eine Wunde zugezogen. Eigentlich nur ein

Kratzer, aber die Wunde entzündete sich, er bekam Fieber und bald waren die roten Streifen einer Blutvergiftung zu sehen. Selbst der Arzt aus dem Dorf Schafsheim hatte nicht helfen können, alle seine Heilmittel versagten und die Familie konnte ihrem Ehemann und Vater nur noch beim Sterben zusehen. Es hatte lange gedauert, bis Edmar die Bilder von dem eingefallenen, von Krankheit gezeichneten Gesicht seines Vaters aus dem Kopf bekam. Er wollte ihn als ruhigen, starken Mann in Erinnerung behalten. Neben ihm knackte etwas im Gebüsch und erschreckte ihn. Seufzend stand er auf und ging weiter.

Hilda wartete schon auf ihn.

„Wo bist du so lange gewesen? Adela ist schon vor einer Stunde aufgebrochen. Ich habe dir doch schon so oft gesagt, dass du nicht trödeln sollst. Jetzt wo Papa nicht mehr da ist, zählt jede Minute!"

Edmar ließ die Schelte ergeben über sich ergehen. Eine schimpfende Mutter war ihm viel lieber als die stille, abwesende Person, die sie den ganzen Winter über gewesen war. Hilda sah ihn noch einmal böse an, um ihren Worten Nachdruck zu verleihen, musste dann aber lächeln, weil sie wusste, dass es sowieso nichts ändern würde. Sie nahm ihren Sohn kurz in den Arm und bat ihn dann, die Hacken aus dem Schuppen zu holen. Traurig sah sie ihm hinterher. Sein Anblick gab ihr jedes Mal wieder einen Stich. Er war seinem Vater wie aus dem Gesicht geschnitten. Von ihr hatte er nur die dunklen, glatten Haare geerbt. Aber meist waren sie so verstrubbelt, dass sie dem Lockenschopf ihres Mannes glichen. Bald würde er genauso groß und stark sein. Sie kämpfte die Tränen zurück, die sie immer wieder überkamen, wenn sie ihren

Sohn ansah. Entschlossen warf sie den Kopf zurück. Sie musste kämpfen, denn das Leben ging weiter und nahm keine Rücksicht auf die Verluste der Menschen. Den Winter hatten sie gut überstanden, denn ihr Mann hatte bestens vorgesorgt. Das Holzlager und die Vorratskammer waren reichlich gefüllt gewesen. Sie konnte sich nur dunkel an diese Zeit erinnern, denn die Trauer hatte sie fast um den Verstand gebracht. Mit dem Frühling hatte auch sie, wie die erwachende Natur, zurück ins Leben gefunden. Aber nur, um festzustellen, dass sie allein den Hof kaum halten konnten, dass es einfach zu viel Arbeit war. Seit beinahe fünfundzwanzig Jahren lebte sie nun schon in der Wolfsenke. Sie hatte die Entscheidung, ihrem Mann hierher zu folgen, nie bereut. Der fruchtbare Boden ließ Obst und Gemüse gedeihen und das saftige Gras das Vieh vor Gesundheit strotzen. In die beiden nächstgelegenen Dörfer Waldfurt im Süden und Schafsheim im Westen führten lange und beschwerliche Wege und auch zu den Nachbarn war man mindestens eine Stunde unterwegs, sodass das Leben in der Wolfsenke recht abgeschieden und man auf sich gestellt war. Aber sie liebte diese Ruhe. Der Trubel in den Dörfern war ihr zu viel. Wegen der Abgeschiedenheit waren Knechte oder Mägde immer nur kurze Zeit bei ihnen geblieben, um sich dann doch eine Anstellung auf den Höfen näher bei den Dörfern zu suchen. So waren sie die meiste Zeit unter sich gewesen. Alle mussten mit anfassen, selbst der Kleinste hatte seine festen Aufgaben. Während der Frühlings-, Sommer- und Herbstmonate verkauften sie ihre Erzeugnisse auf den Wochenmärkten in Waldfurt und Schafsheim, um mit dem Erlös die Dinge, die sie nicht selbst herstellen konnten, zu kaufen. Hilda war froh gewesen, als Adela alt genug war, um den Verkauf auf dem Markt zu übernehmen. Im Gegensatz zu ihr hatte Adela Spaß daran, auch wenn sie immer wieder froh war, dass sie abends auf den Hof zurückkehren konnte. Sie brachte den neuesten Klatsch mit und unterhielt sie damit beim Abendbrot. Es war jedes Mal wieder erstaunlich, worüber die Dorfbewohner sich aufregten. Als ob sie nichts Besseres zu tun hatten, als ihre Nase in Dinge zu stecken, die sie nichts angingen. Adela hatte in den letzten Wochen schon Ausschau nach einer Aushilfe gehalten, aber niemand wollte auch nur eine Zeit lang in die Wolfsenke ziehen. Wenn sie nicht bald jemanden fanden, würden sie zumindest einen Teil aufgeben müssen, wenn sie den Hof nicht ganz verlieren wollten. Sie schüttelte seufzend die trüben Gedanken aus dem Kopf und sah Edmar entgegen, der gerade aus dem Schuppen kam. Noch wollte sie nicht aufgeben.

Edmar hielt ihr eine der Hacken hin und fragte:

„Geht es dir gut, Mama? Du hast gerade so komisch geguckt."

Hilda lächelte und strich ihm über den Kopf.

„Ich mache mir nur Sorgen, ich …"

Hilda verstummte, denn sie wollte ihren kleinen Jungen nicht mit ihren Sorgen belasten. Aber Edmar sah sie ernst aus seinen blauen Augen an.

„Du machst dir Sorgen, dass wir von hier wegziehen müssen, nicht wahr? Dass wir die Arbeit nicht schaffen."

Hilda sah ihn erstaunt an. Sie hatte geglaubt, dass er die Sorgen nicht mitbekam, schließlich war er noch ein Kind.

„Ela und ich reden oft darüber. Wir wollen hier nicht weg. Ich will auch in Zukunft versuchen, nicht mehr zu trödeln!"
Ein paar Tränen stahlen sich in Hilda Augen, als sie in Edmars ernstes Gesicht sah, dann nahm sie ihn in den Arm.
„Du bist groß geworden, mein Kleiner!"
Edmar machte sich los und reckte sich.
„Ja, bald bin ich so groß wie Papa und genauso stark!"
Hilda lachte und wurde dann wieder ernst.
„Aber ich fürchte, das wird nicht reichen. Wir brauchen unbedingt Hilfe. Bald geht die Erntezeit so richtig los. Wir können nicht immer bei unseren Nachbarn fragen, auch wenn Gerno sehr großzügig ist. Ohne ihn hätten wir es schon nicht geschafft, die Schafe zu scheren und die Lämmer zu schlachten."
Hilda seufzte. Sie arbeiteten von Sonnenaufgang bis Sonnenuntergang, kamen aber doch kaum hinterher. Das erste Obst und Gemüse wurde reif und allmählich nahm auch das Unkraut auf den Feldern überhand. Sie waren jetzt schon nahe am Ende ihrer Kräfte.
Edmar nahm ihre Hand und sie machten sich auf den Weg zu den Feldern.
„Ich habe Ela schon oft gesagt, dass sie den jungen Burschen einfach nur schöne Augen machen muss, dann kommt schon einer!"
„Edmar!"
Hilda war gleichzeitig entsetzt und amüsiert.
„Was denn?", fragte Edmar unschuldig. „Ela ist nicht hässlich. Du hättest nur mal sehen müssen, wie Annrich sie angeschaut hat, als er uns mit den Schafen geholfen

hat. Er ist immer rot geworden, wenn sie ihn angelacht hat."
Annrich war der jüngste Sohn von Gerno, einem Bauern, der seinen Hof in Richtung Schafsheim hatte. Seine Frau war im Frühjahr desselben Jahres wie Hildas Mann gestorben. Sie hatte seine Hilfe gerne angenommen, auch wenn ihr seine Aufmerksamkeit etwas unangenehm war. Es war ihr aufgefallen, wie Annrich Adela angeschaut hatte, aber Adela hatte in ihm nur die Aushilfe gesehen und war freundlich gewesen, wie sie es zu jedem Knecht war, wenn es dann mal einen auf den Hof verschlagen hatte. Sie war alt genug, um sich einen Mann zu suchen, aber Hilda wollte sie nicht drängen. Sie sollte sich selbst jemanden suchen und wer weiß, vielleicht hatte sie ja auch schon ein Auge auf einen jungen Mann geworfen. Immer wenn sie vom Markt in Waldfurt kam, erzählte sie seit einigen Wochen von einem jungen Zimmermann namens Hanno. Vielleicht hatte sie ja Edmars Rat befolgt und sich einen Verehrer angelacht und ein Zimmermann war da nicht die schlechteste Wahl.
Sie hatten die Felder erreicht und Hilda sah seufzend auf das Unkraut, das sich zwischen den Möhren und Frühlingszwiebeln breitmachte.

„Heute wird Unkraut bei den Möhren und Frühlingszwiebeln gejätet. Wir können mal schauen, ob wir nicht schon einen Teil ernten können. Die Zwiebelzöpfe vom letzten Jahr sind nahezu aufgebraucht. Adela wird morgen die letzten mit nach Waldfurt nehmen. Vielleicht sind auch die Möhren schon groß genug, dass sie ein paar mitnehmen kann."
Edmar nickte.

„Und Erdbeeren und Kirschen pflücken. Die Himbeeren sehen auch schon ganz gut aus."
Seine Augen leuchteten und Hilda sah ihn misstrauisch an.
„Du hast wohl schon probiert?"
Edmar grinste erwischt. Obst ernten machte ihm überhaupt nichts aus, da gab es immer etwas zu naschen. Er musste nur aufpassen, dass seine Mutter es nicht so mitbekam. Hilda schüttelte lächelnd den Kopf. Sie wusste ganz genau, dass von dem Obst eine nicht unerhebliche Menge in Edmars Bauch anstatt in seinem Korb landete, auch wenn er sich bemühte es zu verbergen.
„Los, an die Arbeit!"

Gruselgeschichten am Stammtisch

Hanno saß am Tresen der kleinen Dorfschenke Zum dunklen Wächter, trank ab und zu einen Schluck von seinem Bier und lauschte den Geschichten, die vom Stammtisch zu ihm herüberdrangen. Seit fast drei Jahren war er auf Wanderschaft und hatte im Frühjahr eine Stelle bei dem Zimmermannsmeister Berthold angetreten. Er hatte zunächst sein Glück kaum fassen können, denn Waldfurt war ein schnell wachsendes Dorf, ein guter Ort, um sich niederzulassen und an Arbeit herrschte kein Mangel. Er hatte auch mit dem Gedanken gespielt, hierzubleiben, aber seine Zuversicht hatte nur zwei Wochen angehalten, bis er das erste Mal mit seinem Meister aneinandergeraten war. Nun wusste er, warum bei Meister Berthold immer eine Stelle frei war, denn er war ein jähzorniger, bösartiger Mann, der seine schlechte Laune bei jeder Gelegenheit an seinen Lehrlingen und Gesellen ausließ. Er verstand sein Handwerk, das stand außer Frage, er war einer der Besten in der Gegend. Das war wahrscheinlich auch der Grund, warum sich immer wieder jemand fand, der bei ihm in die Lehre ging. Aber jeder Lehrling konnte das Ende seiner Lehrzeit kaum erwarten, denn sie hatten am meisten zu leiden. Auch die Gesellen blieben nicht lange. Immer wenn wieder ein neuer hinzukam, machte sich der erste Geselle aus dem Staub. Das hatte auch Inkmar getan. Er hatte nur anstandshalber ein paar Wochen abgewartet und dann das Weite gesucht. Hanno konnte es ihm nicht verübeln. Er war eigentlich nur noch wegen Adela da, der Kleinen von der Wolfsenke, die auf dem Wochenmarkt am Mittwoch einen Stand hatte. Wenn sie nicht wäre, hätte er es

Inkmar schon gleichgetan, wahrscheinlich wäre er schon vor ihm weitergezogen. Hanno lächelte, als er an Adela dachte. Nachdem er das erste Mal mit seinem Meister Streit gehabt hatte, war er in der Mittagspause auf den Markt gegangen, um sich wieder zu beruhigen und wenigstens für eine Weile den bösen Blicken des Meisters zu entkommen. Adela hatte ihren Stand neben der Würstchenbude und während er auf sein Würstchen gewartet hatte, hatte er das Gespräch zwischen ihr und einer Kundin belauscht. So erfuhr er ihren Namen, woher sie kam und dass ihr Vater kürzlich gestorben war. Er war dann ein paar Wochen lang jeden Mittwoch um sie herumgeschlichen, hatte sie beobachtet und sich in ihr Lächeln verliebt. Er hatte sich jedes Mal fest vorgenommen, sie anzusprechen, hatte sich dann aber doch nicht getraut. Als sie dann die letzten Äpfel vom Vorjahr im Angebot hatte, hatte er sich ein Herz gefasst, sich zwei Stück gekauft und tatsächlich ein paar Worte mit ihr gewechselt. Er spürte sein Herz immer noch heftig schlagen, wenn er daran dachte. Seitdem kaufte er jeden Mittwoch an ihrem Stand seinen Nachtisch und unterhielt sie mit Geschichten von Dingen, die er auf seiner Wanderschaft erlebt hatte. Sein Herz hüpfte jedes Mal, wenn er sie zum Lachen brachte und ihre Grübchen zum Vorschein kamen. Er hatte sich noch nicht getraut, ihr zu sagen, was er fühlte. Was wäre, wenn sie seine Gefühle nicht erwiderte? Hinter ihm wurde es laut am Stammtisch und der Lärm riss ihn aus seinen Gedanken.
In den Bierschänken und Biergärten rund um Waldfurt erzählte man sich abends immer wieder in dramatischem Flüsterton die Legenden vom Berg der Finsternis. So manchen ließen sie nicht einschlafen. Jedes Mal wenn

eine der Legenden vom Berg der Finsternis erzählt wurde, legte sich eine bedrohliche Stille über die Zuhörer, kalte Schauer liefen ihnen den Rücken hinunter und der ein oder andere unbehagliche Blick streifte den Berg der Finsternis, dessen Schatten nach den Zuhörern zu greifen schienen, als ob sie der Legende Wahrheit verleihen wollten. Mit jedem Menschen, der im verfluchten Wald verschwand, schien sich die Dunkelheit weiter auszubreiten. Schleichend krochen die Schatten näher an die von Menschen bewohnten Gebiete heran - nur bemerkt von denen, die direkt an der Grenze zum verfluchten Wald lebten. So war es auch dieses Mal. Die beiden Erzähler waren darüber in Streit geraten, wessen Theorie zur Entstehung der Finsternis um den 13. Gipfel des Wächtergebirges nun die richtige war. Hanno hatte schon oft die verschiedensten Ausführungen gehört, denn er kam fast jeden Abend hierher. Anfangs war Inkmar noch mitgekommen und sie hatten Wetten abgeschlossen, wer an dem Abend den Streit über die Richtigkeit seiner Version anfangen würde. Hanno hielt das alles für Geschwätz, obwohl er sich jedes Mal unwohl fühlte, wenn er die Legenden dann doch wieder hörte und jedes Mal zog der Berg der Finsternis, den er von der Theke aus durch das große Fenster gut sehen konnte, seinen Blick auf sich. Man konnte die Bedrohung spüren, die von ihm ausging, er schien nicht nur das Licht, sondern auch die gute Laune aufzusaugen. Hanno schüttelte sich leicht, als ihm wieder ein Schauer den Rücken herunterlief und lauschte dem Streitgespräch.

„Ich sage die Wahrheit!", ereiferte sich gerade ein Knecht vom Rosenhof. „Ein Geheimbund von mächtigen, einflussreichen Kaufleuten und Stadtbeamten aus

Wächterburg auf der anderen Seite des Wächtergebirges praktizieren dunkle Magie im verfluchten Wald. Sie haben die Finsternis gerufen und den Wald mit einem Fluch belegt, damit niemand ihrem Treiben auf die Schliche kommt. Sie wollen die Herrschaft über die Welt an sich reißen und opfern den dunklen Mächten Menschen! Warum, denkt ihr, verschwinden so viele Menschen im verfluchten Wald? Und warum wirken die Schatten so lebendig? Weil sie keine einfachen Schatten sind, sondern der Fluch!" Die Männer am Tisch redeten laut durcheinander, bis sich der dicke Bäckermeister durch lautes Klopfen auf den Tisch Gehör verschaffte.

„Das ist doch ein alter Hut! Du bist schon lange nicht mehr auf dem neuesten Stand, mein Bester. An Magie glaubt doch heutzutage keiner mehr." Er senkte die Stimme zu einem dramatischen Flüstern. „In Schafsheim erzählen sie, dass im verfluchten Wald geheime Experimente gemacht wurden und noch immer stattfinden. Eine Gruppe von Alchimisten aus Bergstadt haben in einer Höhle im Berg der Finsternis ein riesiges Feuer gemacht und dann ist der Berg explodiert und ..." Die Männer am Stammtisch unterbrachen ihn johlend.

„Der Berg ist doch noch da, wie kann er da explodiert sein?" Der Gerbergeselle klopfte dem Bäckermeister lachend auf die Schulter, doch der wehrte ihn ab.

„Nur die Spitze ist explodiert oder habt ihr sie seitdem gesehen? Nein! Von der Explosion kommt auch die Wolke. Und die vergiftet die Luft im Wald, darum kommt niemand wieder heraus. Na, was sagt ihr dazu?" Die Männer murmelten skeptisch und der Knecht vom Rosenhof schlug mit der flachen Hand auf den Tisch.

„Das ist alles Humbug. Da ist dunkle Magie im Spiel! Etwas anderes kann es gar nicht sein! Rose, die Jüngste vom Rosenbauern, ist im verfluchten Wald verschwunden. Keiner weiß, was sie dorthin getrieben hat, aber ihre Spuren haben sich in den Schatten verloren. Ich weiß es genau, ich war bei der Suche dabei. Wir haben den ganzen verdammten Wald abgesucht, jeden Weg, jeden Winkel, jedes Versteck, aber kein Zeichen von dem Mädchen. Sie ist schnurstracks in den verfluchten Wald gelaufen, als ob sie jemand dort hineingelockt hat. Die Schatten haben sich wieder ein Stück ausgebreitet. Ich schwöre es. Vor ihrem Verschwinden konnte man noch gefahrlos bis zum kleinen Wasserfall gehen, jetzt liegt dieser an trüben Tagen schon in den Schatten!"
Die Männer am Tisch grölten und zeigten dem Knecht einen Vogel.

„Natürlich liegt er an trüben Tagen im Schatten, denn wenn die Sonne nicht scheint, liegt alles im Schatten!"
Die Männer lachten laut und das Gesicht des Knechtes rötete sich langsam. Wütend schlug er mit der Faust auf den Tisch.

„Und wenn ich es sage! Mit jedem Menschen, der im verfluchten Wald verschwindet, breiten sich die Schatten aus! Was kann das anderes als schwarze Magie sein?"
Diese Behauptung hatte Hanno schon einmal gehört und wie beim ersten Mal wurde sie auch jetzt als völlig absurd abgetan. Der Knecht tat gerade so, als ob die Schatten ein lebendiges Wesen wären.

„Ihr bekommt das im Dorf nicht so mit, weil ihr einfach zu weit vom verfluchten Wald entfernt wohnt. Aber wir auf dem Bauernhof bemerken das genau! Über die letzten Jahre sind die Schatten schon mehr als einen hal-

ben Kilometer näher an den Rosenhof herangekrochen. Es ist, als ob die Finsternis lebendig ist. An sonnigen Tagen kämpft sie regelrecht mit dem Licht um jeden Meter, ich habe es mit eigenen Augen gesehen! Es sind nicht nur einfache Schatten. Die Dunkelheit des verfluchten Waldes ist mehr wie ein Nebel, der sich wabernd ausbreitet. Und dann diese Stimmen, die man hört, wenn man zu dicht an den verfluchten Wald gerät. Ich habe sie gehört und wäre ihnen beinahe gefolgt, als sie versucht haben, mich in die Schatten zu locken. Der Wald ist verflucht, sage ich euch! Verflucht!"
Die Männer am Tisch lachten nur noch lauter.

„Es gibt keine Magie!", prustete der Bäckermeister.

„Vielleicht hat ihm der lebendige Schatten das Gehirn vernebelt", grölte der Gerbergeselle mit Tränen in den Augen.

„Wahrscheinlich war es eher das Bier!" hustete ein anderer.

„Aber was ist mit den Gnomen? Die können im Dunkeln leuchten. Ist das etwa keine Magie?", rief der Knecht laut in die Runde. Die Männer klopften sich vor Lachen auf die Schenkel.

„Die Gnome leuchten im Dunkeln! Wenn ich besoffen bin, leuchten bei mir noch ganz andere Dinge im Dunkeln!", rief der Bäckermeister und hielt sich vor Lachen den schmerzenden Bauch. „Nachher haben noch die Gnome die Finsternis gerufen und gefräßige Monster gezüchtet, die die verirrten Menschen fressen! Hahaha! Oder sie sind selbst zu Monstern geworden und verwandeln die Menschen in Mohrrüben und fressen sie dann!" Der Bäckermeister kippte vor Lachen fast vom Stuhl.

Der Knecht wurde nun richtig zornig, sein Gesicht färbte sich dunkelrot und schließlich warf er seinen noch halbvollen Bierkrug an die Wand. Das reichte dem Wirt und er schmiss ihn hinaus. Die Männer unterhielten sich noch eine Weile darüber, ob die Geschichte des Knechtes wirklich so unglaubwürdig war, wie sie auf den ersten Blick erschien, denn schließlich war er nicht der Erste, der so etwas zu berichten hatte. Aber sie wurden sich nicht einig, jeder beharrte auf seiner Meinung. Doch gerade diese Erzählungen hielten die Legenden am Leben und verführten immer wieder Wagemutige dazu, den verfluchten Wald zu erkunden. Hanno wandte sich dem letzten Schluck in seinem Krug zu, bezahlte und machte sich auf den Heimweg. Immer wieder schaute er zum Berg der Finsternis hinüber, der bedrohlich über dem Dorf aufragte. Als er schließlich die Tür zu seiner Kammer aufschloss, schob er die düsteren Gedanken zur Seite. Morgen war Mittwoch und er würde Adela wiedersehen. Sollten die Dorfbewohner sich um ihre verrückten Legenden kümmern, er würde sich davon seine gute Laune nicht verderben lassen.

Mittwochs an Adelas Marktstand

Mit einem erleichterten Seufzer stellte Adela die letzte Kiste auf ihren Tisch. Sie war heute spät dran und rings um sie herum priesen die Verkäufer schon fleißig und lautstark ihre Waren an. Wie immer war der Markt schon früh gut besucht, da viele die besten und frischesten Waren haben wollten. Noch während sie ihren Stand aufgebaut hatte, waren die ersten Kunden gekommen und hatten die ersten Kirschen des Jahres begutachtet. Der übliche Schwatz vor dem großen Ansturm mit dem Besitzer von der Würstchenbude nebenan fiel heute aus. Adela winkte ihm nur fröhlich zu, während sie eine Portion Kirschen abwog. Während sie die Kunden bediente, hielt sie Ausschau nach Hanno. Oft schaffte er es schon vor der Mittagspause mal vorbeizuschauen. Hanno war Adela sofort aufgefallen, hatte er doch einen recht merkwürdigen Geschmack was seine Kleidung anging. Je bunter, desto besser schien sein Motto zu sein. Ihm war es völlig egal, ob die Farben zusammenpassten, sodass die Mischung meist, gelinde gesagt, sehr auffällig war. Ihm schien auch gar nicht aufzufallen, dass er deswegen von den Dorfbewohnern immer wieder schief beäugt wurde. Er hatte einen dunklen Lockenkopf und braune Augen. Seine Nase war etwas schief. Er hatte vor einiger Zeit einen Holzbalken mit der Nase aufgefangen, was dieser nicht gut bekommen war. Als er diese Geschichte mit dem ihm eigenen Witz erzählt hatte, hatte Adela so herzlich lachen müssen, dass ihr die Tränen gekommen waren. Hatte Adela anfangs noch ein wenig Anstoß an Hannos kunterbunter Kleidung genommen, fand sie jedoch bald, dass sie wunderbar seinen Charakter wiederspiegelte. Sie freute sich immer mehr auf Mittwoch und hoffte, dass es Hanno auch so ging. Sie erinnerte sich noch sehr gut daran, wie er das erste Mal an ihren Stand kam. Sie hatte ihn immer nur nebenan sein Würstchen kaufen sehen und dann bemerkt, dass er danach noch eine halbe Stunde lang über den Markt geschlichen war und zu ihr herübergesehen hatte. Immer wenn sie auf den nächsten Kunden wartete und sich umsah, hatten sich ihre Blicke getroffen. Sie hatte den Würstchenverkäufer über ihn ausgefragt, weil ihr das komisch vorkam, aber der hatte nur abgewunken und gemeint, dass der Bursche harmlos sei. Es hatte sie neugierig gemacht und bald hatte sie ihn genauso beobachtet, wie er sie und als sie die letzten Äpfel vom Vorjahr angeboten hatte, war er zu ihr an den Stand gekommen und hatte ein paar gekauft. Sie hatte ihm angesehen, dass er sehr aufgeregt war und hatte ihm mit Mühe und Not ein paare Worte entlocken können. Der Würstchenverkäufer, der das Ganze beobachtet hatte, meinte hinterher lachend zu Adela, dass er Hanno noch nie so sprachlos erlebt hätte, sonst würde der immer einen Witz auf Lager haben. Das hatte Adela nur noch neugieriger gemacht. Und als Hanno am nächsten Mittwoch wieder etwas Obst kaufte, hatte sich seine Aufregung ein wenig gelegt und er zeigte etwas von dem Witz, der in ihm steckte. Bald kannten sie sich und ihre Nöte genau. Hanno wusste um die Lage auf Adelas Elternhof und sie um seine Schwierigkeiten mit seinem Meister. Sie erinnerte sich an die Geschichten, die ihre Eltern vom Hausbau erzählt hatten, dass der Zimmermann immer wieder mit Latten und Nägeln nach seinen Lehrlingen und Gesellen geworfen hatte, wenn etwas nicht so lief, wie es ihm passte. Er hatte beinahe ihren

Vater während einem seiner Tobsuchtsanfälle getroffen. Ihr Vater hatte diese Geschichte immer wieder zum Besten gegeben, wenn sie manchmal abends noch vor dem Kaminfeuer zusammengesessen hatten. Sie konnte sich gut vorstellen, dass gerade ein eigenwilliger Mensch wie Hanno mit ihm gar nicht auskam. Die Frau des Zimmermannsmeisters kam jeden Mittwoch zu Adelas Stand, um einzukaufen, denn so zahlten sie die Schulden für den Hausbau ab. Noch fünf Jahre, dann war es geschafft, wenn sie den Hof solange hielten. Manchmal kam der Meister mit und unterhielt sich ein wenig mit Adela. Er erkundigte sich nach dem Hof und wie es ihnen ging. Schon zweimal hatte sich Hanno unter ihrem Stand versteckt, weil er außerhalb der Pausen kurz vorbeigeschaut hatte und sein Meister ihn auf gar keinen Fall dabei erwischen durfte, dass er eine Aufgabe nicht sofort erledigte. Adela hatte sich dann kaum das Lachen verkneifen können. Und als er dann eines Mittwochs mit einem blauen Auge bei ihr auftauchte, fasste sie sich ein Herz und stellte ihm die Frage, die ihr schon lange im Kopf herumging. Er stopfte sich gerade eine Handvoll Kirschen in den Mund, als sie ihn mit rot werdenden Wangen fragte:

„Kannst du dir vielleicht vorstellen, auf einem Bauernhof zu arbeiten?"
Hanno verschluckte sich, musste husten und als Adela dann das klägliche Gesicht sah, das er zog, sank ihr das Herz. Hanno schluckte nochmal umständlich und meinte dann mit heiserer Stimme:

„Ich habe gerade alle Kerne verschluckt, glaubst du, dass mir nun Kirschbäume aus dem Hintern wachsen?"

Bei seinem besorgten Gesicht brach sie in schallendes Gelächter aus und als sie sich beruhigt hatte, fragte Hanno mit ernstem Gesicht:

„Glaubst du wirklich, dass ich auf eurem Bauernhof von Nutzen sein kann?"

Adela nickte heftig und erzählte ihm, was alles zu tun sei. Hanno sah sie dabei nur ernst an, wie sie mit leuchtenden Augen von dem Bauernhof in der Wolfsenke erzählte. Die herrlich frische Luft, die so anders als die im Dorf war. Das Vogelgezwitscher, das Rauschen des Windes, das Plätschern des Baches, das so lieblich im Vergleich zum Lärm war, der immer im Dorf herrschte. Das zufriedene Gefühl, wenn man sah, dass alles wuchs und sich die ganze Mühe gelohnt hatte. Die Arbeit war anstrengend, ohne Zweifel, aber welche Arbeit war das nicht. Sein ernster Blick verunsicherte Adela und schließlich verstummte sie, in dem Glauben, dass er sich für eine Arbeit auf einem Bauernhof nie erwärmen könnte. Schon stahlen sich die ersten Tränen in ihre Augen, wegen der Ablehnung, die sie erwartete und sie senkte den Kopf, damit er sie nicht sah. Hanno räusperte sich und fragte dann mit belegter Stimme:

„Bin ich für dich nur eine notwendige Arbeitskraft, oder hast du vielleicht noch einen anderen Grund, mir eine Arbeit auf eurem Hof anzubieten?"

Adela ahnte nicht, wieviel Mut es ihn kostete, diese Frage zu stellen. Er würde nichts lieber tun, als den ganzen Tag in ihrer Nähe zu sein. Das Warten auf den nächsten Mittwoch schmerzte schon beinahe. Doch er könnte es nicht ertragen, sie den ganzen Tag zu sehen, ihr aber nicht nahekommen zu können. Er hatte alles mit dieser Frage aufs Spiel gesetzt. Das strahlende Lächeln und das zaghafte Nicken, das Adela ihm nun schenkte, ließ sein Herz vor Freude in seiner Brust hüpfen.

„Dann will ich es versuchen. Aber wenn ich mich ungeschickt anstelle, sage mir nicht hinterher, ich hätte dich nicht gewarnt!"

Er verabschiedete sich mit einem Kuss auf ihre Wange und dem Versprechen bis zum nächsten Mittwoch alles geklärt und seine Angelegenheiten im Dorf erledigt zu haben. Und tatsächlich, am nächsten Mittwoch hatte er seinen Reisesack dabei und stellte sich wie selbstverständlich zu ihr hinter den Stand. Als ob er nie etwas anderes getan hätte, pries er die Waren an, schwatzte mit den Kunden, die hinterher immer etwas mehr im Korb hatten, als sie eigentlich kaufen wollten und füllte selbstständig den Verkaufsstand auf, dass Adela nur so staunte.

„Und du glaubst, dass du dich ungeschickt anstellen könntest!", meinte sie ungläubig, als sie am Nachmittag den Stand zusammenpackten und auf den Wagen luden. Hanno grinste nur und zwinkerte ihr verschmitzt zu.

Arbeit auf dem Bauernhof

Hilda und Edmar staunten nicht schlecht, als Adela eines Mittwochabends einen jungen Mann mit nach Hause in die Wolfsenke brachte und verkündete, dass er ab jetzt bei ihnen wohnen und arbeiten würde. Hilda deckte gerade den Tisch, als sie Adela auf den Hof fahren hörte und lief ihr entgegen, um beim Abladen zu helfen. Sie blieb abrupt stehen, als sie sah, dass Adela bereits Hilfe hatte.

„Adela, was …?"
Hilda schaute fragend von Adela zu dem farbenfroh gekleideten, jungen Mann und wieder zurück.

„Das ist Hanno. Ich habe euch doch von ihm erzählt."
Adela tat so, als ob damit alles in Ordnung sei. Aber Hilda entging nicht, dass ihre Wangen rot anliefen. Auch Hanno bemerkte Hildas Überraschung.

„Hast du nicht Bescheid gesagt, dass ich mitkomme?", fragte er leise.
Adela senkte den Blick und wurde noch röter.

„Ich hatte bis zum Schluss Angst, dass du es dir anders überlegst …" Sie verstummte und sah ihn entschuldigend an. Doch er lächelte.

„Hätte ich auch beinahe. Ich hoffe wirklich, dass ich mich nicht zu dumm anstelle und mich als völlig nutzlos herausstelle."
Adela lächelte ihn warm an und vergaß völlig dabei, dass Hilda immer noch auf eine Erklärung wartete. Hilda betrachtete die beiden skeptisch und räusperte sich dann.

„Adela, ich erwarte eine Erklärung von dir!" Das klang strenger als beabsichtigt und Adela zuckte zusammen.

„Wir brauchen doch Hilfe, damit wir unsere Arbeit schaffen."
Hilda winkte Adela zu sich und zögernd ließ diese Hanno am Wagen zurück.

„Warum hast du nicht gesagt, dass du jemanden gefunden hast?", fragte Hilda leise und beobachtete über Adelas Schulter hinweg, wie Hanno weiter den Karren ablud.

„Ich habe ihn erst letzte Woche gefragt, ob er bei uns arbeiten möchte und ich habe Angst gehabt, dass er es sich noch anders überlegt."
Hilda zog die Augenbrauen hoch.

„Er hat noch nie auf einem Bauernhof gearbeitet. Aber er ist Zimmermann, was ja auch praktisch ist und er ist gewohnt hart zu arbeiten", fuhr Adela hastig fort. Sie sah Hilda nur kurz in die Augen und senkte dann den Blick, schon wieder rot werdend. Hilda seufzte und sah wieder zu Hanno rüber, der nun fertig mit dem Abladen war und sich umschaute.

„Nun ja, faul ist er scheinbar wirklich nicht. Aber er sieht nicht so aus, als ob ihm Unkraut jäten Spaß machen würde." Hildas Skepsis war nicht zu überhören. Adela blickte auf und sah Hilda nun fest in die Augen.

„Lass dich von seinem Äußeren nicht täuschen. Ich hätte ihn nicht gefragt, wenn ich sicher gewesen wäre, dass er es nicht schafft." Sie sahen sich eine Weile schweigend an. Plötzlich kam Edmar um die Ecke gelaufen.

„Ela! Du bist wieder da!"
Er stoppte, schaute zu den zwei Frauen, die beieinanderstanden, dann zu dem jungen Mann, der am Wagen wartete. Sein Gesicht hellte sich noch weiter auf.

„Du hast jemanden gefunden!"
Er lachte, lief zu Hanno und reichte ihm die Hand.
„Ich bin Edmar, wirst du bei uns arbeiten?"
Hanno schaute etwas verdutzt bei dem unerwartet herzlichen Empfang und nahm dann Edmars Hand.
„Ich bin Hanno, und ich hoffe doch."
Hanno schaute unsicher zu Adela hinüber, die ihm zunickte.
„Komm ich zeig dir, wo der Wagen, das Pferd und die leeren Kisten hinkommen."
Hanno nickte, nahm die Zügel und folgte Edmar zur Scheune.
„Ich weiß nicht, Adela", seufzte Hilda, zuckte dann aber mit den Schultern. „Was solls! Wir haben nichts zu verlieren. Versuchen wir es."
Adela entspannte sich.
„Es wird schon funktionieren, du wirst sehen."
„Wo soll er schlafen? In der Scheune wäre Platz."
„Mutter!" Adela schaute Hilda entrüstet an. „Er schläft in der Kammer, in der sonst auch die Knechte geschlafen haben! Du wirst ihn nicht in die Scheune stecken!"
Hilda sah Adela wegen dieses heftigen Ausbruchs erstaunt an. Dann schlich sich ein wissendes Lächeln in ihr Gesicht.
„Wenn ich dich dabei erwische, wie du dich in seine Kammer schleichst, dann setzt es was, Fräulein. In meinem Haus herrscht Ordnung." Sie drohte Adela mit dem Zeigefinger und diese wurde wieder bis über beide Ohren rot. Hilda lachte und umarmte ihre Tochter. „Ich freu mich für dich, mein Mädchen. Nun hilf den beiden, die Kisten wegzuräumen und kommt dann zum Abendbrot."

Adela gab ihrer Mutter einen Kuss auf die Wange.

„Danke, Mama!"

Dann lief sie in die Scheune.

Hilda sah ihr noch einen Augenblick hinterher und schüttelte dann den Kopf. Da hatte sich ihr kleines Mädchen tatsächlich einen Mann gesucht, ohne dass sie es mitbekommen hatte. Sie war noch nicht überzeugt, würde Hanno aber eine Chance geben. Schließlich war ein ungelernter Helfer besser als gar keiner.

Entgegen Hildas Befürchtung stellte er sich dann aber alles andere als ungeschickt an, lernte schnell und packte kräftig mit an. Auch wenn er nicht danach aussah und jederzeit zu einem Spaß bereit war, hatte Adela mit der Behauptung, dass er es gewohnt war, hart zu arbeiten, nicht übertrieben. Als er dann noch fachmännisch das Loch im Dach reparierte, war auch Hilda soweit, ihn in der Wolfsenke willkommen zu heißen. Um Adelas Willen schob sie ihre Bedenken beiseite.

Edmar hatte Hanno gleich ins Herz geschlossen. Schnell waren sie ein eingespieltes Paar, was das Spaßmachen anging. Wenn die beiden sich beim Frühstück über den Tisch hinweg verschmitzt angrinsten, wusste Adela schon, dass sie wieder etwas ausgeheckt hatten. Bald war auch wieder Hildas herzhaftes Lachen zu hören, vor allem, wenn sie ihre Familie aus dem Bett jagte. Sie sang wieder wie früher beim Frühstück machen und bei der Feldarbeit und manchmal, wenn Hilda es nicht bemerkte, hörte Adela ihr zu und lächelte dabei in sich hinein. Nun würde alles gut werden.

Hanno lebte sich schnell auf dem Bauernhof ein. Manchmal fehlte ihm der Trubel, der immer im Dorf herrschte, aber er und Edmar sorgten schon dafür, dass es nicht zu langweilig wurde. Auch die immer näher rückenden Schatten des Bergs der Finsternis störten ihn nicht. Er hatte nur Augen für Adela und kümmerte sich nicht um die Gerüchte und Mythen, die sich um den Berg der Finsternis rankten. Er hielt sie für erfundene Märchen, um die Kinder zu erschrecken. Aber er ließ sich seine Skepsis nicht anmerken, wenn das Thema beim Abendbrot diskutiert wurde, was häufig vorkam. Meist war er viel zu müde, um noch zuzuhören. Die Arbeit auf dem Bauernhof war viel anstrengender, als er es sich vorgestellt hatte und er war froh, wenn er abends ins Bett kam. Er erledigte bereitwillig die Aufgaben, die man ihm auftrug und schon bald hatte er seinen festen Platz gefunden. Manche Arbeiten mochte er, andere nicht so sehr, aber im Großen und Ganzen war er zufrieden. Es gab auch immer etwas am Haus zu tun, sodass er sein Handwerk nicht verlernte. Er konnte sich sehr gut vorstellen, in der Wolfsenke zusammen mit Adela alt zu werden.

Noch erlaubte Hilda des Anstands wegen nicht, dass sich Hanno und Adela ein Zimmer und damit auch ein Bett teilten. Aber es war für jedermann offensichtlich, dass die beiden sich liebten. Immer wieder erwischte Hilda sie beim Turteln, obwohl sie arbeiten sollten. Edmar machte sich einen Spaß daraus, die beiden bei ihren Treffen aufzuspüren und zu erschrecken, zumindest solange, bis Adela ihm androhte, seinem Teddybären, den er immer noch abgöttisch liebte, die Ohren abzuschneiden. Hilda betrachtete das Ganze mit Unruhe und auch ein wenig Argwohn. Ihr war nicht ganz wohl bei dem Gedanken, dass ihr kleines Mädchen anscheinend endgültig erwachsen und selbstständig wurde. Sie hatte Angst, sie zu verlieren, denn Hanno war ein weltoffener, junger Mann und Adela würde ihm überall hin folgen, sollte er sich entscheiden, den Bauernhof zu verlassen. Doch Adela beruhigte sie. Niemals würde sie den Bauernhof in der Wolfsenke aufgeben. Sie liebte es, hier zu leben und wollte nirgendwo anders ihr Leben verbringen. Und wenn sie blieb, würde auch Hanno bleiben, dessen war sie sich sicher. Im Frühjahr gab Hilda schließlich nach, nachdem Adela und Hanno verkündet hatten, dass sie heiraten und eine Familie gründen wollten. Hilda hatte schon seit einiger Zeit bemerkt, dass sich Adela des Öfteren nachts heimlich aus der gemeinsamen Schlafkammer geschlichen hatte und kurz vor dem Morgengrauen zurückgekehrt war, in dem Glauben, Hilda würde nichts bemerken. Hilda akzeptierte also nur das, was sie sowieso nicht verhindern konnte.

Und so zog Adela offiziell zu Hanno in die kleine Kammer, in der er schlief.

Hochzeit in der Wolfsenke
20. Mai im Jahr des Rehbocks

„Aufwachen, ihr Faulpelze!"
Hilda zog die Bettdecke von dem schmalen Bett in der kleinen Kammer, das sich Adela und Hanno teilten, mit einem Ruck herunter. Dann zwängte sie sich am Bett vorbei, stieß das Fenster auf und sog tief die klare, frische Luft ein. Dann drehte sie sich um und sah mit einem Schmunzeln auf die beiden jungen Leute hinab. Hanno hatte sich dicht an Adela gekuschelt und tat laut schnarchend so, als ob er noch schlief. Auch Adela hatte die Augen fest zusammengekniffen. Hilda lachte und begann die beiden zu kitzeln.

„Ihr könnt mich nicht täuschen, ich weiß, dass ihr wach seid! Los jetzt, sonst feiern wir ohne euch!"
Das saß und die beiden rappelten sich hoch, gähnten laut und streckten sich.

„Die Sonne ist noch nicht mal aufgegangen!", maulte Hanno, angelte aber schon nach seinen Schuhen.

„Es dauert aber nicht mehr lange und mit Sonnenaufgang kommt unser Nachbar Gerno mit dem Bier und seinem wunderbaren Lammgulasch und den zusätzlichen Tischen und Bänken. Wir müssen das alles noch aufstellen und schmücken und ihr zwei müsst euch auch noch fertig machen, bevor die restlichen Gäste kommen!"
Adela lachte.

„Ja, ja, der gute Gerno. Vielleicht feiern wir ja bald noch eine Hochzeit."
Ein Schatten huschte über Hildas Gesicht. Adela sah es nicht, weil sie Hanno die Arme um den Hals warf und

ihn überschwänglich küsste, was dieser nur allzu gern ausgiebig erwiderte.
Hilda sah die zwei wehmütig an und dachte an ihren verstorbenen Mann. Als sie beide jung gewesen waren, hatten sie auch kaum voneinander lassen können, sehr zum Ärger von Hildas Vater, der es nicht gern gesehen hatte, wenn sie die Arbeit vernachlässigten. Er hatte sie aber auch ständig dabei erwischt, wie sie Zärtlichkeiten ausgetauscht hatten. Hilda lächelte bei der Erinnerung an das entrüstete Gesicht, das er jedes Mal gezogen hatte. Es war wahr, dass Gerno in letzter Zeit häufig bei ihnen war und ihr besondere Aufmerksamkeit schenkte. Er war ein liebenswerter Mann und sie war nicht abgeneigt, aber sie brauchte noch Zeit. Der Schmerz saß noch tief und eines Tages würde sie sich auch wieder einen Mann suchen. Sie wollte nicht für den Rest ihres Lebens allein bleiben. Und vielleicht war Gerno ja der Richtige. Sie seufzte und sah wieder auf Adela und Hanno hinab, die sich immer noch küssten und schüttelte ungeduldig den Kopf.
„Los jetzt, ihr zwei Turteltauben!", trieb sie die beiden an und verließ die Kammer.
Ihr Jüngster, Edmar, war schon fertig angezogen und hatte den Tisch fürs Frühstück gedeckt. Hilda nahm ihn in den Arm und drückte ihm einen Kuss auf die vor Vorfreude gerötete Wange. Kaum hatten alle Platz genommen, hörten sie draußen Wagengeklapper. Edmar rannte hinaus und kam mit Gerno und dessen Sohn Annrich zurück.
„Ihr seid früh dran", lächelte Hilda und reichte Gerno die Hand, die dieser nahm und mit einer Verbeugung küsste. Hilda ließ es mit rot werdenden Wangen gesche-

hen. Adela und Hanno grinsten sich an und Edmar kicherte leise. Hilda sah ihn tadelnd an, um ihre Verlegenheit zu verbergen. Gerno bekam davon nichts mit und meinte:

„Besser zu früh, als zu spät und es ist noch viel zu tun für das große Fest!" Er zwinkerte Adela und Hanno zu.

„Setzt euch zu uns, wir wollten gerade frühstücken!", lud Hilda die zwei Männer ein und alle rutschten zusammen. Obwohl Gerno und sein Sohn mit Sicherheit schon gefrühstückt hatten, langten sie nochmal kräftig zu.

Die ersten Gäste trafen schon ein, als die Männer die letzten Arbeiten erledigten. Der Hochzeitspavillon stand an Ort und Stelle und auch die Bänke und Tische waren aufgestellt. Gerno schürte gerade das Feuer unter dem Kessel mit dem Lammgulasch und sein Sohn stach das Fass Bier an. Edmar hatte für den Tischschmuck Hildas Blumenbeete geplündert und alles hübsch dekoriert. Nun schröpfte er Hildas geheiligten Frühlingsrosenbusch für Adelas Hochzeitsstrauß. Hanno verschwand schnell im Haus, um sich frisch zu machen und für die Feier umzuziehen, während Gerno den Gästen einen Platz zuwies und Bier oder Wein ausschenkte, damit die Zeit bis zur Hochzeitszeremonie nicht zu lang wurde. Edmar stahl sich in die Schlafkammer, die er sich mit seiner Mutter teilte, wo Hilda Adela gerade noch die Haare richtete. Edmar stand mit offenem Mund in der Tür und starrte seine Schwester an. Das dunkle Haar war kunstvoll hochgesteckt. Das weiße, mit roten Bändern verzierte Kleid, an dem sie wochenlang genäht hatte, saß perfekt. Sie strahlte heller als die Sonne selbst.

„Du bist so schön!", platzte es aus Edmar heraus und Adela lachte ihn mit ihren strahlend blauen Augen an. Edmar hielt ihr den Strauß aus roten Rosen hin.

„Da, der passt gut zu deinem Kleid!" Adela strahlte nur noch mehr und streckte ihre Hände danach aus.

„Wie wunderschön! Danke Edi! Wo hast du die nur gefunden?"

Edmar hüstelte unbehaglich und mied Hildas Blick, die nach einem genauen Blick auf die Rosen die Stirn gerunzelt hatte.

„Äh …"

„Was hast du mit meinen Blumen angestellt, Edmar?"

Adela verstand und ihre Lippen formten sich zu einem stummen Oh.

Edmars Ohren wurden rot.

„Die wachsen doch alle wieder nach und es sieht alles so schön aus. Es ist doch für Elas besonderen Tag!", verteidigte er sich. Hilda sah ihn noch eine Weile streng an, bis er zu schwitzen begann und lachte dann. Edmar sah vorsichtig auf und lachte dann auch erleichtert.

„Du hast Recht. Heute ist Adelas besonderer Tag, da sind die schönsten Blumen gerade gut genug."

Die Gäste hatten sich alle versammelt und eine Gasse gebildet. Die angeregten Unterhaltungen verebbten langsam und eine erwartungsvolle Stille trat ein. Unter dem Pavillon warteten der Bürgermeister von Waldfurt, der die Vermählung vollziehen sollte und Hanno, der seine sonst so farbenfrohe Kleidung gegen ein weißes Hemd und eine braune Hose eingetauscht hatte. In einem Knopfloch steckte eine rote Rose, die Edmar ihm gegeben hatte. Alle hielten den Atem an, als Edmar stolz die

Braut zu ihrem Bräutigam führte. Adela überhörte das bewundernde Getuschel. Ihre Augen waren fest auf Hanno gerichtet. Hilda weinte still, teils vor Freude über das Glück ihrer Tochter und aus Wehmut, dass ihr Mann das nicht mehr erlebte und ließ es zu, dass Gerno den Arm um sie legte.

Hanno wurde blass, als er seine schöne Braut sah und der Bürgermeister griff besorgt nach ihm, als er schwankte. Aber Hanno fing sich und blinzelte ein paar Tränen weg, als sich Adela neben ihn stellte und ihn anstrahlte.

Sie reichten sich die Hände, der Bürgermeister räusperte sich, setzte sich umständlich eine Brille auf und begann aus seinem kleinen Büchlein das Eheversprechen vorzulesen.

„Liebe Adela! Willst du den hier anwesenden Hanno zu deinem rechtmäßigen Ehemann nehmen?"

Er schaute Adela streng über seine Brille hinweg an und sie nickte kräftig.

„Ja, ich will!"

Hanno stieß erleichtert die angehaltene Luft aus, als ob er bis zum Schluss gebangt hatte, ob sie ihn wirklich haben wollte. Edmar, der hinter ihnen stand, kicherte leise. Der Bürgermeister räusperte sich empört, warf erst Hanno, dann Edmar einen scharfen Blick zu und fuhr dann fort.

„Und gelobst du, liebe Adela, Hanno zu lieben und zu ehren in guten und in schlechten Zeiten, in Gesundheit und Krankheit?"

Adela sagte mit klarer und fester Stimme:

„Ja, ich gelobe!"

Der Bürgermeister schaute sie noch mal prüfend an und wandte sich dann mit ernstem Blick Hanno zu.

„Lieber Hanno! Willst du die hier anwesende Adela zu deiner rechtmäßigen Ehefrau nehmen?"

„Ja, ich will!" Vor Aufregung versagte Hanno beinahe die Stimme, was ihm ein Stirnrunzeln vom Bürgermeister einbrachte.

„Und gelobst du, lieber Hanno, Adela zu lieben und zu ehren in guten und in schlechten Zeiten, in Gesundheit und Krankheit?"

„Ich gelobe!" Nun war Hannos Stimme fest und ließ keinen Zweifel daran, dass er auch meinte, was er sagte.

„Dann erkläre ich Euch vor dem Gesetz zu Mann und Frau!"

Adela jauchzte, warf die Arme um Hannos Hals und beide küssten sich stürmisch unter dem Beifall der Gäste. Das Naserümpfen und Kopfschütteln des Bürgermeisters über dieses schamlose Verhalten ließen sie unbeachtet.

Adela warf den Strauß hinter sich und unter großem Gelächter fing Gerno ihn auf. Er grinste Hilda mit klimpernden Augen an, die sich errötend abwendete.

Mit zunehmender Ungeduld nahmen Adela und Hanno die Glückwünsche entgegen. Die Schlange schien kein Ende zu nehmen und jeder wollte dem glücklichen Paar ausführlich gratulieren. Hanno hatte Hunger und das Lammgulasch duftete verführerisch. Immer wieder stieß Adela ihm in die Seite, während der nächste Gast seinen Spruch aufsagte, den sie in vielen verschiedenen Varianten bereits gehört hatten. Schließlich hatten sie es geschafft und nahmen ihren Platz an der Tafel ein. Hanno rieb sie erwartungsvoll die Hände, als der gefüllte Teller vor ihn gestellt wurde. Er nahm den Löffel, tauchte ihn in das Gulasch und gerade als er ihn zu Mund führte, bekam er wieder einen Stoß in die Seite, sodass er sich fast bekleckerte.

„Was?", fragte er aus dem Mundwinkel heraus und sah in die Runde, die erwartungsvoll auf eine Person neben Adela schaute.

Edmar hatte sich erhoben und wollte offensichtlich eine Rede halten. Hannos Magen gab deutlich zu verstehen, was er davon hielt, denn er knurrte für alle hörbar. Adela sah ihn strafend an und er zuckte nur entschuldigend mit den Schultern. Edmar räusperte sich sichtlich nervös, hob dann sein Glas, in dem sich zur Feier des Tages ein Schluck Wein befand.

„Auf das Hochzeitspaar. Möge es lange und glücklich zusammenleben!" Er trank einen Schluck und setzte sich. Die Gäste, die offensichtlich etwas mehr erwartet hatte, schauten sich kurz verdutzt um und klatschten dann der Höflichkeit halber. Hanno kicherte und flüsterte Adela zu:

„Kurz und prägnant, so liebe ich es!" Adela schaute ihn empört an, musste dann aber auch lachen. Zu Edmar, der sich bereits hingebungsvoll dem Gulasch zugewandt hatte, meinte er:

„Gute Rede!"

Edmar nickte nur mit vollem Mund. Adela stieß Hanno wieder in die Seite.

„Was denn?"

„Du bist unmöglich!", lachte sie.

Hanno nahm seinen Löffel wieder auf.

„Ich bin vor allem hungrig!"

Bis spät in die Nacht hinein wurde ausgelassen gelacht und gefeiert. Die Blaskapelle aus Schafsheim hatte unermüdlich zum Tanz aufgespielt und kaum einen hatte es auf der Bank gehalten. Hanno und Adela schafften es nur einige Male, miteinander zu tanzen, da jeder auf sein Recht bestand mit der Braut oder dem Bräutigam zu tanzen. Mehr als eine Polonaise ging über Tische und Bänke, meistens angeführt von Edmar, der, wie er behauptete, seinen Zehen, auf die ihm beim Tanzen alle traten, eine Pause gönnen wollte. Adela glaubte ihm kein Wort. Er würde nur lange keine Gelegenheit mehr haben, ungestraft auf Hildas Möbeln herum zu klettern. Und er hatte sichtlich Spaß dabei, die Gäste, unter denen sich einige ältere Jahrgänge befanden, auf die Tische zu jagen. In den kurzen Pausen, die sich die Musiker gegönnt hatten, um die trockenen Gaumen mit einem Bier anzufeuchten, hatten die Gäste viel Spaß bei den Spielen, die sich Edmar ausgedacht hatte. Jeder machte mit, selbst Hilda zierte sich nicht lange, um mit Gerno im Sack um die Wette zu hüpfen. Die beiden schenkten sich nichts und Gerno hätte gewonnen, wenn Hilda ihn auf der Zielgeraden nicht mit einem Schubser aus dem Gleichgewicht gebracht hätte. Zur Entschädigung brachte sie ihm aber ein frisches Bier, nachdem er sich unter lautem Geschimpfe und unter dem herzlichen Gelächter der Zuschauer aus dem Sack gepellt hatte.

Die letzten Gäste legten sich nicht eher schlafen, bis der der letzte Tropfen Bier getrunken und der letzte Rest vom Gulasch verspeist war. Schließlich machten es sich die Gäste in Zelten oder unter dem Sternenhimmel in Decken eingewickelt bequem, um noch ein paar Stunden

Schlaf zu bekommen, bevor das gemeinsame Aufräumen begann.
Adela und Hanno lagen noch eine Weile wach und lauschten der Stille, die nun eingetreten war. Schließlich gab Adela Hanno einen letzten Kuss, kuschelte sich an ihn und schlief ein.

Hannos mangelnder Orientierungssinn
23. Juni im Jahr des Rehbocks

Der Hahn krähte lautstark unter dem Fester der kleinen Kammer. Er tat das seit der Hochzeit jeden Morgen. Vorher hatte er immer auf der anderen Seite des Hauses, bei den Ställen gesessen und die aufgehende Sonne angekräht. Aber seit ein paar Wochen hatte er sich eine neue Stelle als Lieblingsplatz auserkoren. Hanno zog sich knurrend die Decke über den Kopf.
„Irgendwann dreh ich dem Vieh den Hals um!"
Adela zog die Decke herunter und lachte ihn aus.
„Das wirst du nicht, du Morgenmuffel. Sonst gibt es keine neuen Hühner und damit auch keinen Hühnereintopf!"
Hanno zog ein Gesicht, sagte aber nichts dazu. Adela hatte da ein wichtiges Argument aufgeführt, denn Hühnereintopf war sein Lieblingsessen. Hanno seufzte und zog sich die Decke wieder über den Kopf, man musste halt Opfer bringen.
In der Küche klapperten Teller und Hanno gab sich endgültig geschlagen. Das Leben auf einem Bauernhof begann nun mal früh. Das war auch das einzige, woran er sich wohl nie gewöhnen würde.
Die Hochzeit lag nun gut vier Wochen zurück und alles hatte sich wieder eingespielt. Adela und Hanno gingen früh los, um Feuerholz zu suchen und Edmar trieb das Vieh auf die Weide, Hilda sorgte im Haus für Ordnung und wenn diese Arbeiten getan waren, kümmerten sie sich um die kleinen Felder, auf denen sie Gemüse und Getreide anbauten. Mittwochs fuhr Adela zum Wochenmarkt nach Waldfurt und am Samstag nach Schafs-

heim. Manchmal brachte Adela auch eine Kleinigkeit mit, ein Spielzeug für Edmar, für Hilda eine schöne Schüssel aus Keramik, da Hilda nie genug Schüsseln haben konnte und Hanno freute sich immer über ein neues, farbenfrohes Kleidungsstück, denn die braunen und grauen Stoffe, die Adela und Hilda aus der Wolle ihrer Schafe selbst herstellten, sagten ihm so gar nicht zu.

Abends saßen sie oft noch um die Feuerschale vor der Veranda herum – angenehm müde von der getanen Arbeit. Manchmal holte Edmar die kleine Flöte, die er sich geschnitzt hatte, hervor und spielte ein paar fröhliche Lieder oder sie sangen gemeinsam einige der alten Volkslieder aus der Gegend oder Hilda erzählte eine Geschichte, so wie sie es früher immer getan hatte, als Adela noch klein gewesen war. Im Sommer kochte Hilda hier auch oft das üppige Abendessen, das sie gemeinsam nach getaner Arbeit genossen. Auch Gerno war in den letzten Wochen dreimal da gewesen, um Hilda seine Aufwartung zu machen und Hanno bei einigen Reparaturarbeiten am Haus zu helfen, für die Edmar noch zu klein war. Sie planten auch, das Haus zu vergrößern, um Platz für den geplanten Nachwuchs zu schaffen. Ein weiteres Zimmer würde genügen. Die Umsetzung hatte Hanno schon im Kopf und das Material für den Bau war bestellt. Abends kam manchmal Wehmut darüber auf, dass der Vater nicht mehr da war, aber die schönen Gedanken überwogen. Das Leben konnte immer so weitergehen.

Es war Mittwoch früh und Adela stand schnell auf, um die letzten Dinge auf den Karren zu packen, mit dem sie wieder auf den Markt nach Waldfurt fahren wollte. Hanno streckte sich und schälte sich dann auch aus der Decke. Er hasste die Mittwoche und Samstage, weil ihm

zum einen Adela schlicht fehlte und er zum anderen alleine in den Wald musste. Er kannte zwar mittlerweile die Wege gut und wusste, wo er nach Feuerholz suchen konnte, aber dennoch, er hatte sich, seit er auf dem Bauernhof lebte, schon zweimal verlaufen und nur mit Glück den Weg zurückgefunden. Ihm fehlten einfach die Anhaltspunkte, wie sie es in einem Dorf gab. Für ihn sah ein Baum wie der andere aus. Edmar hatte sich einen Spaß daraus gemacht und den Weg zur Toilette hinterm Haus markiert, damit er nachts auch den Weg zurück zu Adela fand. Hanno hatte das überhaupt nicht lustig gefunden, denn wenn einer darüber Witze machte, dann war er es selbst. Es war so schon peinlich genug.
Er setzte sich an den Frühstückstisch und lächelte Adela müde an, während sie ihm den Brotkorb reichte.

„Es hat letzte Nacht geregnet, da wird es schwierig sein, trockenes Holz zu finden", bemerkte Hilda und sah Hanno fragend an. Der zuckte mit den Schultern.

„Das wird schon. Und wenn, dann bring ich halt etwas feuchtes Holz mit, es wird im Lager schon trocken werden. Wir haben doch noch genug trockenes Holz?"
Hilda nickte.

„Allerdings ist unser Holzvorrat durch die Hochzeit kräftig geschmolzen. Das Feuer für die Kochstelle und für die Feuerschalen war ganz schön hungrig. Für den Winter müssen wir noch fleißig sammeln."
Hanno nickte nur.

„Es ist ja noch genug Zeit, es ist ja erst Sommer und in dem neuen Holzlager trocknet das Holz schnell."
Er hatte vor ein paar Wochen ein paar Änderungen an dem Lager vorgenommen, sodass die Luft besser an die einzelnen Holzscheite gelangte. Insgeheim klopfte er sich

immer noch dafür auf die Schulter, denn so konnten sie auch nasses Holz sammeln und sparten Zeit.

Hanno hatte mal nachgefragt, warum man nicht einfach einmal im Jahr ein oder zwei Bäume fällte und dann genug zum Kochen und Heizen für das ganze Jahr hatte, anstatt nahezu jeden Tag mühselig auf Holzsuche zu gehen. Es würde viel Zeit und Kraft sparen, die man in die Feldarbeit stecken könnte. Mit der Entrüstung über seinen Vorschlag einen gesunden Baum zu fällen, um ihn zu verbrennen, hatte er nicht gerechnet. Um ein Haus zu bauen, ließ es sich nicht vermeiden, Bäume zu fällen, das wurde akzeptiert. Aber es war so viel totes Holz im Wald zu finden, dass es nicht nötig war, auch für Feuerholz Bäume zu fällen. Nur allmählich begriff er die Beziehung zur Natur, welche die Bauern hier draußen, fern von den Dörfern hatten. Der Wald war ein Teil des Lebens und sollte es auch noch lange bleiben, darum wurde ihm nur so viel entnommen, dass es ihm nicht schadete.

Er hatte nie wieder gegen das Holzsammeln aufbegehrt, auch wenn er es nicht mochte. Die Kiepe war unbequem und drückte an den Schultern, aber auch er wollte im Winter weder frieren noch im Schnee nach Holz suchen müssen.

Nach dem Frühstück machte sich jeder an seine Arbeit. Adela küsste Hanno zum Abschied und ermahnte ihn noch einmal, nicht zu weit zu gehen.

Hanno nickte und machte sich auf den Weg. Adela sah ihm mit einem Stirnrunzeln nach. Sie hatte ein ungutes Gefühl, aber dann schüttelte sie nur den Kopf. Es war schon eine Weile her, dass Hanno sich verlaufen hatte. Ihr wäre es lieber gewesen, wenn er nicht allein in den Wald gehen würde, aber Hilda war da anderer Meinung gewesen. Nicht nur, dass sie das Holz brauchten, Hanno musste einfach lernen, sich im Wald zurechtzufinden, nun da er in der Wolfsenke bleiben würde. Adela hatte nachgegeben, auch wenn es ihr nicht gefiel. Aber Hilda hatte Recht, sie konnte nicht ewig auf Hanno aufpassen. Sie seufzte und wandte sich dem Karren zu. Sie war spät dran und würde das Pferd antreiben müssen, wenn sie ihren Platz nicht schon besetzt vorfinden wollte.

Hanno ging an dem kleinen, an das Haus angrenzenden Garten entlang und sog tief die feuchte, nach Erde riechende Luft ein. Der Wald begann hier gleich hinter dem Haus und man musste stetig darauf achten, dass der Wald sich den Garten nicht einverleibte. Den Wald zu betreten war, als ob man in eine völlig andere Welt kam. Es erstaunte ihn immer wieder. Die Geräusche waren anders, der Geruch war anders, es schien sogar, als ob die Zeit einen anderen Takt hatte. Wenn Adela bei ihm war, war es nicht so auffällig. Aber immer, wenn er den Wald alleine betrat, spürte er die Veränderungen besonders stark und sie ließen ihm regelmäßig einen Schauer den Rücken herunterlaufen. Aber das würde er niemals zugeben. Er konnte Edmars Gelächter regelrecht hören, wenn er eingestehen würde, dass er den Wald an sich unheimlich fand. In diesen Gedanken versunken ging Hanno den gewohnten Weg entlang und suchte mit geübten Augen nach totem Holz. Direkt nach der Hochzeit hatte es ein heftiges Unwetter gegeben und die Spuren waren immer noch deutlich zu sehen. Doch alles Holz, das er fand, war nass. Er widerstand der Versuchung, einfach ein paar nasse Äste klein zu sägen und mitzunehmen. Er hatte noch ein wenig Zeit, bevor Hilda ihn auf dem Feld erwartete und so beschloss er den ganzen

Weg zu gehen, bis kurz vor die Grenze, wo die Schatten begannen. Er hatte mit Adela bis jetzt nur zweimal so weit gehen müssen, aber vielleicht fand er ja tiefer im Wald doch noch trockenes Holz und wenn nicht, konnte er das nasse Holz auf dem Rückweg immer noch einsammeln. Er ging immer weiter und irgendwann stellte er fest, dass der Boden nicht mehr so feucht war. Er musste die Grenze des nächtlichen Regenfalls erreicht haben. Er schaute sich suchend um. Die Sonne versteckte sich immer wieder hinter den Wolken, sodass schwer zu sehen war, wo der verfluchte Wald begann, denn alles lag in Schatten. Er begann Holz zu sammeln und fühlte sich zunehmend unwohler. Immer wieder schaute er sich um und beruhigte sich ein wenig, wenn er doch noch einen Sonnenstrahl entdeckte, der seinen Weg durch das Blätterdach gefunden hatte. In diesem Abschnitt musste der Sturm heftig gewütet haben, denn Hanno fand jede Menge abgebrochene Äste, die schon gut trocken waren. Er wunderte sich ein wenig darüber, nahm es aber dankbar hin. Hilda traute dem neuen Lager noch nicht und ihre Laune würde deutlich besser sein, wenn er trockenes Feuerholz mit nach Hause brachte. Er merkte nicht, wie er sich immer weiter vom Weg entfernte und näher an den Schatten, den der Berg der Finsternis warf, geriet. Hanno warf gerade den letzten Ast, den er zersägt hatte, in seine Kiepe und entschied, dass er für heute genug gesammelt hatte, als ihm die Dunkelheit auffiel. Er hatte sich so auf das Stück Holz vor ihm konzentriert, dass ihm nicht aufgefallen war, dass das Licht nachgelassen hatte. Er unterdrückte seine aufkeimende Panik und schaute sich genau um. Er sah den Weg nicht mehr. Er fluchte leise. Nicht schon wieder. Er war in seinem Eifer zu weit vom Weg abgekommen und hatte keine Ahnung, in welche Richtung er zu gehen hatte. Panik kroch nun doch in ihm hoch. Er sah keine Sonnenstrahlen mehr. Die waren immer noch ein guter Wegweiser gewesen, um zumindest nicht in den verfluchten Wald zu geraten. Aber in dem Dämmerlicht, das jetzt noch herrschte, sah alles gleich aus. Er schaute sich noch mal um. In einer Richtung schien es etwas heller zu sein als in der anderen. Er entschied sich für die Richtung, in der er glaubte noch etwas Licht zu sehen. Er schulterte seine Kiepe und versuchte anhand der Spuren im Unterholz, seinen Weg zurückzuverfolgen. Sie schienen ihn genau in die Richtung zu führen, für die er sich entschieden hatte. Und es dauerte nicht lange, bis er wieder auf einen Weg kam. Hanno atmete erleichtert auf. Noch einmal Glück gehabt. Der Weg lag deutlich sichtbar vor ihm. Hanno wunderte sich noch, dass er so breit war, hatte er ihn doch deutlich schmaler, kaum mehr als einen Trampelpfad in Erinnerung, aber er zuckte nur mit den Schultern. Wer weiß in welche Richtung er beim Sammeln abgekommen war. Wahrscheinlich war er schon wieder halb auf dem Weg zur Wolfsenke und da war der Weg auch so breit, wie er ihn hier vorfand. Bei diesem Dämmerlicht sah alles sowieso ganz anders aus. Das war auch etwas, was er am Wald nicht mochte. Abhängig vom Licht sah alles immer anders aus, als ob es ein völlig anderer Wald wäre. Er hatte das Adela erzählt, aber sie hatte lachend widersprochen und gemeint, dass es nur seine Zeit brauchte, bis er mit dem Wald so vertraut war wie sie. Er hatte genickt, aber es insgeheim bezweifelt und gerade jetzt hatte er die Bestätigung erhalten. Hanno rückte die Kiepe noch mal zurecht. Jetzt nur schnell raus

aus dem Wald. Er schritt so schnell aus, wie er konnte und schon bald war er außer Atem und musste innehalten, um nach Luft zu schnappen. Es war noch dunkler geworden und Hanno fragte sich, ob ein Gewitter bevorstünde. Die Luft war drückend und so dick, dass er kaum atmen konnte. Und da hörte er die Stimmen zum ersten Mal. Sie waren nur ein Wispern, mal lauter, mal kaum hörbar. Sie schienen ein Stück vor ihm zu sein. Er schaute sich um und sah zu seinem Schrecken, dass hinter ihm der Weg verschwunden war. Schweiß brach ihm aus und sein Herz fing an zu rasen, als die Panik in ihm hochkroch. ‚Beruhige dich!', versuchte er sich vergeblich zu ermahnen. ‚Du siehst ihn in der Dunkelheit nur nicht.' Er ging ein paar Meter zurück und stand vor einem Baum. Falls hier je ein Weg gewesen war, dann war er verschwunden. Als er sich umdrehte, war auch der Weg, der eben noch vor ihm gelegen hatte, nicht mehr da. Das Wispern setzte wieder ein und diesmal kam es von allen Seiten. Die Angst gewann die Oberhand. Hanno streifte die Kiepe ab, ließ sie fallen und rannte in die Richtung zurück, aus der er gekommen war. Er kämpfte sich durch das Unterholz und merkte in seiner Panik nicht, wie die Büsche ihm die Kleidung zerrissen und das Gesicht zerkratzten. Eine ganze Weile rannte er kopflos umher, bis er schließlich erschöpft innehalten musste. Vornübergebeugt schnappte er mühsam nach Luft. Sein Hemd klebte ihm feucht am Rücken und der Schweiß lief ihm die Stirn hinab in die Augen. Er fluchte leise vor sich hin. Er hatte sich im verfluchten Wald verlaufen, das war ihm nun klar geworden. Wie hatte das nur passieren können? Er hatte doch darauf geachtet, in der Nähe des Lichtes zu bleiben. Er erinnerte sich an die Geschichte, die Hilda über den Wald erzählt hatte. Dass er verflucht sei. Hanno hatte das nie geglaubt, auch wenn er den Wald so nannte. Er hatte sich immer nur gedacht, dass der verfluchte Wald einfach nur dichter und wilder als der restliche Wald war und dass hier vielleicht ein paar Tiere lebten, denen man besser nicht begegnete, aber mehr nicht. Doch so wie es aussah, war der Wald tatsächlich verflucht. Er hatte ihn angelockt und in die Irre geführt. Und das Gewisper kam bestimmt nicht von den Bäumen oder dem Wind, der sich in den Ästen verfing. Irgendetwas lauerte in der Dunkelheit. Er dachte an Adela, Hilda und Edmar. Was würden sie denken, wenn er nicht zurückkam? Würden sie ihn suchen? Mühsam kämpfte er die wieder hochkommende Panik nieder. Es war nahezu stockfinster. Von den Bäumen ging ein fahler Schein aus und bei näherer Betrachtung stellte er mit Ekel fest, dass die Stämme von einem schleimigen, nach Verwesung und Fäulnis stinkenden Überzug bedeckt waren. Alles schien tot zu sein. Die Luft war kaum atembar. Ächzend richtete er sich auf. Er war erschöpft und seine Knie und sein Rücken taten ihm weh. Er fragte sich, ob die Luft vergiftet sei und die Schmerzen die ersten Auswirkungen waren. Was würde dann folgen? Krämpfe? Erstickung? Er wusste, dass so etwas passierte, wenn man die gelben Früchte des Sonnenbeerbaumes aß. Er hob seine Hände, um sein Halstuch abzunehmen und es sich dann vor das Mund und Nase zu binden, um so vielleicht das Gift fernzuhalten. Er schaute sich suchend um, aber egal in welche Richtung er schaute, alles sah gleich aus. Er versuchte, sich mit größter Mühe zu beruhigen und einen klaren Gedanken zu fassen. Wie konnte er sich aus dieser Misere nur befreien? Durch das

Tuch vor seinem Gesicht fiel ihm das Atmen noch schwerer. Aber er konnte sich nicht dazu durchringen, es wieder abzunehmen. Plötzlich knackte es neben ihm und etwas atmete laut zischend aus. Hannos Verstand setzte aus und er floh wieder Hals über Kopf in die entgegengesetzte Richtung, aus der das Geräusch gekommen war. Er spürte nichts. Er wollte nur weg. Eine Ewigkeit später stolperte er zum wiederholten Male und blieb einfach liegen. Er konnte nicht mehr. Sein Herz schlug so heftig, dass es schmerzte. Eine Weile lag er einfach nur da und lauschte. Alles war still. Kein Wispern, kein zischendes Atmen. Er hörte nur die Geräusche, die er selber machte. Hoffnung keimte in ihm auf. War er dem Monster vielleicht entkommen? Langsam gewöhnten sich seine Augen an das schwache Dämmerlicht, das der Baumpilz verbreitete. Das Tuch vor seinem Gesicht war schon lange heruntergerutscht und er hob die Hände, um es abzunehmen, weil er sich damit den Schweiß von der Stirn wischen wollte. Sein Herz setzte fast aus, als sein Blick auf seine Hände fiel. Sie waren faltig und die Gelenke geschwollen. Er taste sein Gesicht ab und fühlte ebenfalls schlaffe, faltige Haut. Was geschah nur? Er alterte unglaublich schnell. Er wusste nicht, wie lange er schon im verfluchten Wald herumgeirrt war. Er hatte jegliches Zeitgefühl verloren. Aber es konnte sich aber höchstens um Stunden handeln. Das sagte ihm der Rest der Vernunft, die noch in ihm war. Sein Atem ging stoßweise. Er legte die Hand auf sein Herz, das sich zu überschlagen schien. Der Fluch war wirklich real. Hier war kein Gift am Werk, das von irgendwoher ausströmte und die Luft vergiftete. Der Wald war verzaubert und jeder, der sich in diesem Wald verirrte, starb unweigerlich, weil er so schnell alterte, dass es kein Entkommen aus der Dunkelheit gab. Kein Wunder, dass es niemand zurückgeschafft hatte, um von den Vorgängen in dem Wald zu berichten. Er hatte sich immer gesagt, dass mindestens die Hälfte der Verschwundenen einfach nur weggegangen war und irgendwo ein neues Leben angefangen hatte. Aber nach dem was er heute erlebt hatte, war er sich sicher, dass der Wald auch erfahrene Wanderer in seine Fänge locken konnte. Nun, wenigstens würde er nicht allzu lange leiden müssen. Der Gedanke tagelang in dieser stinkenden Dunkelheit herumirren zu müssen, bis er schließlich elendig verdurstete, war zu schrecklich. Es sei denn, es gab noch mehr in diesem Wald als die Dunkelheit und den Fluch. Ihm fiel das Wispern wieder ein und als er daran dachte, hörte er es auch wieder und plötzlich öffnete sich ein Paar gelber Augen mit länglicher Pupille und dann noch eins und zwei weitere. Sie starrten ihn ohne zu blinzeln an. Das Wispern war verstummt und Hanno konnte wieder den zischenden Atem der Wesen hören. Seine Panik gewann erneut die Oberhand und er stürzte davon, nur weg von diesen Kreaturen, die hier in der Finsternis lauerten.

Auf der Suche nach Hanno

Als Adela am späten Nachmittag vom Markt in Waldfurt zurückkam, wurde sie von Hilda schon aufgeregt erwartet. Hilda zog sie vom Karren herunter und brachte dann aber kein Wort heraus. Adela sah sie mit einem besorgten Stirnrunzeln an. Das unbehagliche Gefühl, das sie den ganzen Tag über immer wieder überkommen hatte, kehrte nun mit aller Macht zurück.
„Was ist los, Mutter?"
Hilda machte ein unglückliches Gesicht und holte tief Luft.
„Hanno ist heute vom Holz holen nicht zurückgekehrt", brachte sie schließlich heraus und griff nach Adelas Hand.
Adela stockte der Atem und sie musste sich an den Karren lehnen, denn die Beine schienen unter ihr wegsacken zu wollen.
„Was? Wie ...?", stammelte sie.
„Es ist mir mittags aufgefallen, dass er immer noch nicht zurückgekehrt war. Bis dahin hatte ich mir nichts gedacht, weil es ja geregnet hatte und ich bin davon ausgegangen, dass er länger unterwegs ist, um halbwegs trockenes Holz zu finden. Ihr seid immer länger unterwegs, wenn es geregnet hat." Hilda plapperte in ihrer Aufregung drauf los und holte tief Luft, um sich zu beruhigen. „Edmar ist den Weg schon abgelaufen und hat ihn nicht gefunden. Er muss sich wieder verlaufen haben, muss vom Weg abgekommen sein ..."
Hilda verstummte und sah ihre Tochter besorgt an. Adela war leichenblass geworden.
„Der verfluchte Wald ..."

Adelas Stimme war nur ein Flüstern, ihre Augen weit aufgerissen und der Blick in die Ferne gerichtet.

„Ich muss ihn suchen!"

Adela stieß sich mit einem Ruck vom Karren ab, aber Hilda hielt sie zurück.

„Bleib hier. Ich habe Edmar bereits zu Gerno geschickt. Sollte Hanno bis morgen früh nicht zurückfinden, dann werden wir ihn alle gemeinsam suchen. Es bringt nichts, wenn du ihn alleine suchst. Der Wald ist zu groß. Bald wird es dunkel und es bringt nichts, wenn du dich auch noch verläufst. Gerno bringt seine Jagdhunde mit, die finden Hanno im Handumdrehen", versuchte Hilda Adela zu beruhigen, aber die riss sich los und lief zu dem Weg hinter dem Haus, der in den Wald führte. Hilda hörte sie immer wieder seinen Namen rufen. Mit tiefen Sorgenfalten auf der Stirn machte sie sich daran, den Karren in die Scheune zu schieben und das Pferd zu versorgen. Sie machte sich Vorwürfe, dass sie Hanno hatte allein losziehen lassen. Sie hätte darauf bestehen sollen, dass er heute auf dem Bauernhof blieb. Aber wie sollte er andererseits jemals selbstständig werden, wenn sie auf ihn aufpassten wie auf ein kleines Kind. Sie selbst hatte das Adela oft genug gesagt. Und sie wusste auch, dass sie Recht hatte, aber dennoch befürchtete sie, dass er in den verfluchten Wald geraten war. Adela hatte einmal erzählt, dass es dort in der Nähe immer trockenes Holz gab, als ob es dort nie regnete oder der Wald auf diese Weise seine Opfer anlocken wollte. Es hatte letzte Nacht so heftig geregnet, dass sie davon aufgewacht war. Sicher, Hanno wusste um die Gefahr, aber er war hier nicht aufgewachsen, für ihn waren es nur Geschichten. Und es wäre nicht das erste Mal, dass er nur allzu sorglos mit den Gefahren der Natur umging. Er war das Landleben nicht gewöhnt und noch immer fragte sie sich, ob er sich je wirklich darauf einstellen würde. Sie hatte öfter das Gefühl, dass er sich nach dem Trubel im Dorf zurücksehnte. Sie versuchte mit einem Kopfschütteln die trüben Gedanken zu vertreiben. Er liebte Adela über alles und nur das zählte. Ihr Blick wanderte zum Berg der Finsternis. Sie hob die Faust und drohte ihm.

„Wage es ja nicht, meinen Schwiegersohn zu verschlingen, du Ungetüm!"

Ein paar Tränen rannen über ihre Wange, doch dann straffte sie ihre Schultern. Noch war nichts sicher, vielleicht tauchte er ja jeden Moment auf, zerzaust und hungrig. Oder sie fanden ihn morgen. Er konnte gestürzt sein und auf Hilfe warten. Mit den Hunden würden sie ihn finden. Hilda schob jeglichen Gedanken daran, dass Hanno ernsthaft etwas zugestoßen sein konnte, energisch zur Seite und machte sich daran die Hühner zu füttern. Doch immer wieder wanderte ihr Blick zum Berg der Finsternis.

Mit einsetzender Dunkelheit kam Adela zurück. Ihre Stimme war vom vielen Rufen heiser und ihr Gesicht war verquollen von den Tränen, die sie geweint hatte. Hilda versuchte erneut, ihr Mut zuzusprechen, dass noch nichts verloren sei, aber der Gedanke an den Berg der Finsternis und den verfluchten Wald hing in der Luft und sie verbrachten das Abendbrot schweigend.

Adela lag noch lange wach. Die Gedanken, was Hanno alles zugestoßen sein könnte, ließen ihr keine Ruhe. Erst gegen Morgen schlief sie unruhig ein und der kurze Schlaf war durchzogen von Albträumen.

Als sie am Morgen aufwachten, hatte es wieder geregnet. All der Sorgen, die sie beherrschten, zum Trotz, war der Himmel klar. Keine Wolke war am Horizont zu sehen, während langsam die Sonne aufging. Als ob die Sonne sie verspotten wollte, ließ sie den Bach funkeln und den Tau auf den Wiesen glitzern, wodurch sich die Wolfsenke in ihrem schönsten Kleid zeigte. Doch sie hatten kein Auge dafür und aßen still ihr Frühstück, während sie auf Gerno und seine Mannschaft warteten.
Gerno hatte noch einige Männer aus den Bauernhöfen rund um Schafsheim zusammengetrommelt und kurz nach Sonnenaufgang schwärmten zwanzig Männer mit ihren Hunden aus, um Hanno zu suchen. Die Hunde hatten die Witterung aufgrund des nächtlichen Regens nicht von Anfang an aufnehmen können, aber die Suchenden hofften, dass die Hunde vielleicht doch eine Spur finden würden, wenn sie dem Weg und dem Gelände links und rechts folgten. Hanno war diesen Weg am Tag zuvor entlanggegangen und vielleicht hatte sich sein Geruch doch an der einen oder anderen Stelle, die vom Regen verschont geblieben war, verfangen. Und tatsächlich. Immer wieder griff einer der Hunde seine Spur für einen Moment auf, bevor sie sich wieder verlor. Die Suchenden konnten daraus schließen, dass Hanno dem Weg gefolgt war und links und rechts davon nach Holz gesucht hatte. Aber er war weit gegangen, mindestens so weit, wie er mit Adela zusammen nur an ein oder zwei sehr sonnigen Tagen gegangen war. Immer wieder hallten ihre Rufe durch den Wald und schreckten die Tiere aus dem Unterholz auf. Je weiter sie in den Wald vordrangen, desto aufgeregter und besorgter wurde Adela. Die Gewissheit, dass Hanno sich zu weit vorgewagt

hatte und in die Schatten geraten war, wuchs. Wie oft hatte sie ihn vor den Gefahren gewarnt. Aber er hatte es nicht ernst genommen. Sie hatte genau gesehen, wie er versucht hatte, seine Ungläubigkeit zu verbergen. Und erst recht bei der Warnung, dass die Schatten an trüben Tagen weiter wanderten als an sonnigen Tagen, als ob die Schatten mit dem Licht kämpften. Da hatte er nur gelacht, sie auf die Nase geküsst und ihr gesagt, dass er zu groß für Schauermärchen sei. Sie kämpfte mit den Tränen, als sie sich daran erinnerte. Warum nur hatte er nicht aufgepasst, warum hatte er ihr nicht geglaubt?
Plötzlich schlug vor ihnen einer der Hunde an und die anderen stimmten aufgeregt ein. Adela drängte sich durch die Gruppe von Männern, die um etwas herumstanden und nur mit Mühe ihre bellenden Hunde bändigen konnten. Es war die Kiepe, die Hanno gestern Morgen auf dem Rücken hatte. Sie war umgekippt, als ob sie hastig abgeworfen worden war. Das Holz, das er gesammelt hatte, war zum größten Teil herausgefallen. Die Männer ließen die Hunde ausschwärmen, aber nach kurzer Zeit war klar, dass es keine weiteren Spuren gab. Hanno war wie vom Erdboden verschluckt. Adela starrte leichenblass auf die Kiepe und sah sich dann um. Ja, soweit waren sie schon mal gegangen, an einem so sonnigen Tag wie diesem. Aber sie war sich sicher, dass an bedeckten Tagen dieser Bereich bereits im Einfluss des Bergs der Finsternis lag. Nur strahlender Sonnenschein konnte die Schatten ein Stück zurückdrängen und gestern hatte die Sonne kaum geschienen. Tränen begannen, ihre Wangen hinunterzulaufen. Wenn Hanno etwas tat, dann meist mit vollem Einsatz. Es kam immer wieder vor, dass er beim Unkraut jäten auch eine der Nutzpflan-

zen erwischte und auch beim Holzsammeln vergaß er manchmal alles um sich herum, den Blick nur auf den Boden gerichtet, nur das nächste Stück Holz im Sinn. Sie liebte ihn dafür, denn sie hasste Halbherzigkeit, mit der man den Blick für das Schöne verlor. Aber nun war ihm seine Leidenschaft zum Verhängnis geworden. Gerno hörte ihr Schluchzen und legte tröstend die Hand auf ihre Schulter. Auch Edmar und Hilda kamen und umarmten sie.

„Warum hat er nicht auf mich gehört, warum ist er nur so weit gegangen? Er wusste doch, dass niemand aus den Schatten zurückkehrt!"

Hilda streichelte Adela tröstend über die Haare.

„Bis hier reichen die Schatten aber noch nicht!", warf einer der Männer ein und die anderen murmelten zustimmend.

„Aber nur wenn die Sonne scheint. An bewölkten Tagen reichen die Schatten schon bis hierher!", protestierte Adela mit tränenerstickter Stimme.

„Die Schatten wandern doch nicht von Tag zu Tag, Mädchen!", warf derselbe Mann ein und lächelte etwas überheblich.

„Tun sie wohl!", kam Edmar Adela zu Hilfe. „Ihr wohnt nur nicht nahe genug dran, um es zu merken!"

„Na, na, junger Mann. Nun mal nicht so vorlaut!"

Gerno tätschelte Edmar gutmütig die Schulter und sah dann Adela ernst an.

„Vielleicht ist dein Mann in die Schatten geraten. Möglich ist das. Allerdings muss ich sagen, dass es auch für mich nicht so aussieht. Vielleicht hat er beim Holzsammeln einfach den Entschluss gefasst, dass das Bauernleben doch nichts für ihn ist. Er hat mir immer den Eindruck gemacht, als ob er eher für das Stadtleben geschaffen ist."

Gerno sah Hilda entschuldigend an, schließlich war Hanno ihr Schwiegersohn und sie hatte ihm ihre Tochter anvertraut. Adela konnte nicht glauben, was sie da hörte. Wie konnte jemand, der Hanno kannte, glauben, dass er einfach so weglaufen würde?

„Wie kannst du so etwas auch nur denken?", fuhr sie Gerno wütend an, aber Hilda legte ihr den Arm um die Schulter.

„Vielleicht hat Gerno Recht. Hanno hat das frühe Aufstehen gehasst!"

„Aber deswegen haut er doch nicht einfach ab und lässt Ela im Stich!", protestierte nun auch Edmar entrüstet.

Adela war wie betäubt. Was geschah gerade? Wollte ihre eigene Mutter ihr einreden, dass sie einen Taugenichts geheiratet hatte, von dem man nichts anderes erwarten konnte, als dass er sich bei der erstbesten Gelegenheit aus dem Staub machte? Was kam als nächstes? Sollte sie vielleicht auch noch froh sein, ihn los zu sein? Sie sah in die Runde und sah in den Augen der Männer, dass sie alle Gernos Meinung waren. Schluchzend riss sich Adela von ihrer Mutter los und rannte den Weg zurück zum Haus. Edmar rannte ihr hinterher.

„Adela, Edmar! Kommt zurück!", rief Hilda ihnen hinterher.

„Lass sie, Hilda. Sie wird darüber hinwegkommen."

Gerno legte ihr den Arm um die Schulter und einen Moment lehnte sie sich Halt suchend an ihn.

„Ich hoffe es! Sie hängt so an ihm und hat dabei immer übersehen, dass er nicht auf einen Bauernhof gehört."

Hilda seufzte und machte sich von Gerno los. Der sah sie ernst an und verfluchte Hanno insgeheim, für den Ärger und den Schmerz, den er verursachte. Warum war der Kerl nicht einfach dort geblieben, wo er hergekommen war? Adela hätte schon noch einen passenden Mann gefunden. Warum hatte sie sich ausgerechnet diesen Paradiesvogel aussuchen müssen? Traurig sah er Hilda hinterher, die sich ebenfalls auf den Weg nach Hause machte.

„Los Männer! Hier gibt es nichts mehr für uns zu tun!", rief Gerno den Männern zu, schulterte die Kiepe und sie machten sich auf den Heimweg.

Ein Gnom und seine Probleme

Aufgescheucht durch das Bellen der Hunde schreckte der kleine Gnom aus dem Rotbeerbusch hoch, den er gerade nach den ersten reifen Beeren abgesucht hatte. An seinem mit rotem Saft verschmiertem Mund konnte man ablesen, dass sie bereits schmeckten. Er sah sich erschrocken um, drehte seine großen, spitzen Ohren in alle Richtungen und entdeckte die Ursache für den Krach.

„Sch! Sch! Leise, sonst wird Tata entdeckt!", flüsterte er aufgeregt, zog ein böses Gesicht, hob drohend die kleine Faust in Richtung des Lärms und duckte sich dann wieder in das Gebüsch. Seine hellgrüne Haut und der dunkelgrüne Pelz, der Schultern, Rücken, Arme und Beine bedeckte, verschmolzen gut mit den Blättern des Busches, aber der leuchtend blaue Haarstreifen auf dem Kopf war deutlich zwischen den roten Beeren zu sehen. Aber die Menschen schenkten dem Busch, in dem der Gnom steckte, keine Beachtung. Sie liefen den Hunden hinterher, die kreuz und quer das Gebiet neben dem Weg abschnüffelten und riefen immer wieder das gleiche Wort. Sie achteten dabei nicht darauf, wohin sie traten, sondern trampelten alles breit, was ihnen unter die Füße kam. Kurz kam einer der Hunde dicht an das Gebüsch heran, in dem der Gnom steckte.

„Hau ab, du blödes Vieh!", keifte der Gnom und warf dem Hund einen Stock an die Nase. Dieser jaulte kurz auf, schüttelte sich und trottete dann schnüffelnd weiter, gefolgt von dem Menschen, der ihn an der langen Leine hatte. Der Gnom duckte sich noch dichter in das Gebüsch, aber der Mensch ging an ihm vorbei, ohne auch nur einen Blick auf den Busch zu werfen. Die Neugier des Gnoms war geweckt. Es passierte nicht oft, dass so viele Menschen auf einmal durch den Wald trampelten. Manchmal jagten sie Rehe, dann hatten sie auch Hunde dabei, aber es sah nicht danach aus. Es machte eher den Anschein, als ob sie etwas verloren hatten und jetzt danach suchten, aber was könnte das bloß sein? Der kleine Gnom reckte sich wieder aus seinem Busch empor, um einen besseren Blick auf das Geschehen zu haben. Wenn sie weiter so einen Krach machten, dann weckten sie den ganzen Wald auf und dann hatte der Gnom Tata ein gewaltiges Problem. Tata schaute sich noch einmal um, ob vielleicht einer der anderen Gnome zu sehen war und als er zu seiner Erleichterung feststellte, dass sie wohl immer noch schliefen, stopfte er entschlossen die bereits gesammelten Beeren in den kleinen Beutel, den er um die Hüfte gebunden hatte. Dann huschte er von Busch zu Busch, um den Menschen zu folgen und zu schauen, was sie da trieben. Er erkannte unter ihnen die ältere und die jüngere Frau und den Jungen von dem Bauernhof, von dem er sich manchmal etwas Obst oder Gemüse stibitzte. Sie wohnten dicht am Wald und in ihrem Garten fand er immer etwas zu essen, ohne lange danach suchen zu müssen. Die anderen hatte er noch nie gesehen. Die Menschen schienen wirklich etwas zu suchen. Sie riefen immer wieder das gleiche Wort und die Hunde schnüffelten an jedem Busch, der ihnen in den Weg kam. Aber die Menschen hatten nichts Fröhliches oder Entspanntes an sich, wie sonst, wenn sie wandern waren oder dieses Spiel spielten, bei dem sich einer versteckte und der andere ihn suchen musste. Diese Menschen verhielten sich wirklich merkwürdig. Tata kratzte sich nachdenklich an seinem Bauch. Um besser nachdenken zu können, bohrte dann je einen Finger in sein rechtes und linkes Ohr, schloss die Augen und summte ein paar schiefe Töne. Plötzlich riss er die Augen wieder auf und die Finger aus den Ohren, weil ihm der Gedanke kam, dass das Wort, das sie die ganze Zeit in den sonst so stillen Wald hineinbrüllten, ein Name war und sie wohl einen Menschen suchten. Und dass das Ganze kein Spiel war, denn sie suchten schon eine ganze Weile und zu dem Spiel gehörten eigentlich auch keine Hunde. Er schüttelte nur den Kopf. Bei dem Krach, den sie veranstalteten, würden sie eine Antwort gar nicht hören und wenn der Gesuchte sich doch nur versteckt hatte, warum auch immer, wäre er doch schon lange herausgekommen, oder? Tata verstand den Sinn des Ganzen nicht, denn hier war kein einzelner Mensch unterwegs. Er musste es wissen, denn er hatte den ganzen Morgen schon die Gegend nach Essbarem abgesucht und war über keine Menschenseele gestolpert. Zum Glück auch über keinen anderen Gnom. Es machte ihn immer noch traurig, wenn er daran dachte, wie seine Mutter ihn weggeschickt hatte, als er alt genug war, um sich ein eigenes Revier zu suchen. Jeder Gnom und jede Gnomin musste das irgendwann tun. Nur wenn eine Gnomin ein Kind haben wollte, suchte sie sich für eine kurze Zeit einen Mann. Aber bald ging man wieder getrennter Wege. Er hatte in der Nähe der Mutter bleiben wollen, aber alle Reviere ringsum waren schon besetzt. Er hatte immer noch Narben von den Kämpfen und manchmal, wenn das Wetter sich änderte, zwickten sie ihn. Also war er in die Schatten gezogen, um in Mutters Nähe bleiben zu können. Er hatte sich dort mit den ihm angeborenen, magischen Kräften eine kleine

Oase geschaffen, in welcher der Fluch, der auf dem Berg der Finsternis lag, keine Wirkung hatte. Nur er konnte dort hinein und diejenigen, die er einlud. Aber bis jetzt hatte er noch keine Gäste gehabt, nicht das ihn das störte. Er hatte dort seine Ruhe und kein anderer Gnom kam dorthin. Allerdings reichte der kleine Fleck nicht aus, um ihn ausreichend mit Nahrung zu versorgen, also musste er sich jeden Tag in einem der anderen Reviere bedienen. Jedes Mal, wenn er wieder erwischt wurde, dachte er sich, dass er vielleicht doch wegziehen sollte, um sich ein neues Revier zu suchen. Aber er wollte nicht von Mama weg, auch wenn sie da nach wie vor anderer Meinung war.

Die Menschen entfernten sich ein Stück und Tata schlich ihnen weiter nach. Er merkte, dass sie immer weiter in Richtung des verfluchten Waldes gingen und bald in die Schatten geraten würden, wenn sie nicht aufpassten. Tata huschte zum nächsten Busch und stieß mit dem kleinen dicken Gnom zusammen, dem dieses Revier gehörte. Der schaute einen Moment verdutzt, denn er hatte genauso nach den Menschen und was sie da trieben Ausschau gehalten. Doch bevor sich Tata aus dem Staub machen konnte, hatte sich der Dicke auf ihn gestürzt und traktierte ihn mit seinen kleinen Fäusten und keifte noch lauter als die Menschen. Mit größter Kraftanstrengung stieß Tata den kleinen Dicken von sich hinunter und rannte Haken schlagend in die Richtung seines Reviers. Der Dicke verfolgte ihn nur wenige Meter und blieb dann heftig nach Luft schnappend stehen. Er schüttelte noch einmal seine Fäuste in Richtung des flüchtenden Tata und trollte sich dann. Auch Tata machte kurz vor den Schatten Pause und schnappte nach Luft.

Er wilderte oft in diesem Revier, weil er wusste, dass er schneller als der Dicke war und dieser für gewöhnlich erst mittags aus seiner Höhle kroch. So ein Pech aber auch, dass er unbedingt hinter diesem Busch hocken musste. Diese dummen Menschen, die hatten ihn mit ihrem Geschrei aufgeweckt. Tata ging ein paar Augenblicke leise vor sich hinschimpfend in die Richtung, in die die Menschen gegangen waren, als ihm etwas auffiel. Tata lauschte. Das Geschrei hatte aufgehört. Was war passiert? Er vergaß den Dicken und schlich den Weg weiter, der direkt in sein Revier führte und sah schließlich die Menschen in einer Gruppe um den Korb herumstehen. Er hatte ihn schon heute Morgen bemerkt. Er wusste, dass die Menschen diese Körbe zum Holz sammeln auf dem Rücken trugen und hatte sich einfach nur gedacht, dass ihn dort jemand abgestellt hatte, weil er zu schwer geworden war. Es war manchmal schwer nachzuvollziehen, warum Menschen etwas taten. Er sah, wie die Menschen aufgeregt miteinander redeten und dann die junge Frau und der Junge den Weg zurück, direkt in seine Richtung gelaufen kamen. Mit einem Sprung in den nächsten Busch rettete er sich außer Sichtweite. Während er kopfüber in dem Busch steckte, kamen Adela und Edmar dicht an ihm vorbei. Er hörte die junge Frau schluchzen. Schade, dachte sich Tata, dass sie traurig ist. Er fand, dass sie hübsch aussah, wenn sie lachte. Kurz danach kam der Rest der Menschen den Weg entlang, ohne nach links und rechts zu schauen, sonst hätte einer von ihnen das kleine, grüne Hinterteil bemerkt, das aus einem niedrigen Busch am Wegesrand ragte. Als sie vorbeigezogen waren, befreite sich Tata umständlich aus dem Gebüsch und schüttelte den Kopf. Erst machten sie so einen Krach und weckten den ganzen Wald auf und sorgten dafür, dass er Prügel bezog und dann schlichen sie sich in aller Stille davon. Sie waren schon sehr merkwürdig, die Menschen.

Hanno bleibt verschwunden

Noch verschlafen reckte und streckte sich Adela in ihrem schmalen Bett und blickte in die durch das schmale Fenster einfallenden, ersten Sonnenstrahlen des Tages. Geblendet kniff sie rasch ihre Augen zusammen und lauschte. Ihr kleiner Bruder Edmar schnarchte noch vor sich hin, aber in der Küche polterte es leise. Adela richtete sich langsam auf und sah, dass ihre Mutter bereits aufgestanden war. Adela seufzte und stieg aus dem Bett. Nach Hannos Verschwinden war sie wieder zurück in das Familienschlafzimmer gezogen. Sie fand keinen Schlaf in dem Bett, das sie mit Hanno geteilt hatte. Es erinnerte sie zu sehr an sein Verschwinden. In dem ganzen Zimmer war sein Wesen noch allgegenwärtig. Sie hatte es noch nicht über sich gebracht, seine Kleidung und sonstige Habseligkeiten zusammenzupacken und wegzuräumen. Das rote Hemd lag noch immer auf der Kommode und unter dem Schrank schaute ein Zipfel der geringelten Socke hervor, die er am Tag vor seinem Verschwinden gesucht hatte. Sie blinzelte ein paar Tränen weg. Immer wieder erwartete sie, dass er einfach um die Ecke kam und sie anlächelte. In manchen Momenten glaubte sie, dass sie sich nie mit seinem Verschwinden abfinden würde.

Heute würde wieder ein anstrengender Tag werden. Die Sommer in der Wolfsenke waren kurz. Bei dem Gedanken an die Sommerabende, als ihr Vater noch lebte, musste Adela lächeln. Sie hatten alle zusammen in der lauen Abendluft vor dem Haus gesessen und ihr Vater hatte stolz die Geschichte erzählt, wie er ihre Mutter überredet hatte, in diesem abgelegenen Seitental des

Wächtergebirges einen Hof aufzubauen. Das waren schöne Zeiten gewesen und der Berg der Finsternis hatte seine Schatten noch nicht so weit geworfen. Doch jetzt, nach Hannos Verschwinden, waren sie näher gekommen und die Stelle, an der sie die Kiepe gefunden hatten, lag nun sogar bei strahlendem Sonnenschein am Rande der Schatten. Vorher hatten sie dort noch hin und wieder Holz sammeln können, doch nun waren die Schatten näher gerückt. Für sie war das der Beweis, dass Hanno in die Schatten geraten war. Auch wenn es außer ihr nur Edmar glaubte. Sie hatte es aufgegeben, ihre Mutter davon überzeugen zu wollen, dass Hanno ein guter Mann war und vermied es mittlerweile, das Thema anzusprechen.

„Adela, Edmar aufwachen!"

Ihre Mutter steckte den Kopf in die Schlafkammer, die sie sich teilten. Seit Hannos Verschwinden vor zwei Wochen, lastete die gesamte Arbeit wieder auf ihnen. Gerno hatte versprochen, ihnen einen Knecht zu suchen und bis er einen gefunden hatte, der für längere Zeit auf den Hof ziehen wollte, schickte er an drei Tagen der Woche einen seiner Knechte zum Helfen. So schafften sie das Nötigste und kamen über die Runden. Hilda schien Hannos Abwesenheit kaum zu schmerzen. Sie konzentrierte sich ganz auf die Arbeit und den Erhalt des Hofes. Adela war froh, dass sie nicht wieder in die stumpfsinnige Betrübtheit zurückgefallen war, die sie nach dem Tod des Vaters beherrscht hatte. Aber es schmerzte sie sehr, dass sie so tat, als ob Hanno einfach gekündigt hatte und gegangen war. Sie hatte wirklich geglaubt, dass Hilda Hanno zum Schluss gemocht hatte. Aber so wie es aussah, hatte sie sich da geirrt. Erst jetzt war ihr bewusst geworden, dass die meisten Hanno immer noch mit Misstrauen beobachtet und auf Fehler gewartet hatten, obwohl er schon so lange auf dem Hof gelebt und sich wirklich alle Mühe gegeben hatte. Ja, er hatte über das frühe Aufstehen gemurrt und auch sonst ein paar merkwürdige Ideen gehabt, aber er hatte nie auch nur die Andeutung gemacht, dass er des Lebens in der Wolfsenke bereits überdrüssig war. Wahrscheinlich war Gerno nicht nur ihrer Mutter wegen so häufig zu Besuch zu gekommen, sondern auch um nach dem Rechten zu sehen und Hanno im Auge zu behalten. Adela bemerkte die traurigen und besorgten Blicke ihrer Mutter nicht, die sie ihr immer wieder zuwarf. Hilda wusste sehr wohl um Adelas Schmerz, konnte sie sich doch noch genau daran erinnern, wie der Verlust ihres Mannes sie beinahe um den Verstand gebracht hatte. Das wollte sie Adela ersparen, sie davon abhalten, zu sehr in ihrer Trauer zu versinken. Auch wenn sie sich Hanno nicht als Schwiegersohn ausgesucht hätte, hatte er doch ihre Adela glücklich gemacht. Sie war sich nicht sicher, ob Gerno wirklich Recht hatte. Die Schatten waren näher gekommen, was hieß, dass sie ein neues Opfer gefunden hatten. Aber was auch immer mit Hanno geschehen war, er kam nicht zurück, das war sicher. Hilda dachte, dass Adela besser über ihn hinwegkommen würde, wenn sie glaubte, dass er sie verlassen hatte. Darum machte sie immer wieder belanglose Bemerkungen über Männer, auf die man sich nicht verlassen konnte, wenn sie bemerkte, dass Adela wieder an Hanno dachte. Sie konnte es ihr ansehen. Sie versuchte sie abzulenken, wo es nur ging und übersah dabei, dass sie Adela mit ihrem Verhalten nur weiteren Schmerz zufügte. Adela glaubte, dass Hilda tatsächlich davon überzeugt war, dass Hanno sich einfach davongemacht hatte und der Meinung war, dass Adela froh sein sollte, ihn los zu sein. Adela musste dann immer ihre gesamte Kraft aufwenden, um nicht in Tränen auszubrechen, denn das hätte nur eine weitere Predigt über Hannos Unzulänglichkeiten zur Folge gehabt.

„Los ihr zwei! Die Hühner müssen gefüttert, das Vieh auf eine andere Weide gebracht, Unkraut gejätet und Holz gesammelt werden! Und die ersten Äpfel sind bereits reif!", rief Hilda und zog Edmar die Bettdecke weg. Edmar – davon unbeeindruckt – drehte sich um und schnarchte weiter. Hilda schnaubte entrüstet und kitzelte ihren Sohn, bis er aufgab, den Schlafenden vorzutäuschen und sich lachend aufsetzte.

„Los Kinder, das Frühstück steht auf dem Tisch!"
Edmar zögerte nicht lang, streifte das Nachthemd ab, angelte die Hose vom Stuhl neben dem Bett und zog sich beim Hinausgehen noch das Hemd über den Kopf. Adela sah ihm hinterher. Wie sehr er doch Vater ähnelte, so voller Elan. Sie schaute sich nach ihrer Kleidung um und begann sich langsam anzuziehen. Holz sammeln war im Moment ihre Aufgabe, wenn sie nicht auf dem Markt war. Meistens begleitete Edmar sie nun und spendete ihr ein wenig Trost. Es war Edmars Wunsch gewesen, Adela in den Wald zu begleiten. So wie er sich dabei benahm, glaubte er wohl, dass er jetzt, wo Hanno nicht mehr da war, Adela beschützen müsse. Adela liebte ihn dafür nur umso mehr, war er doch im Moment der einzige, der noch zu ihr hielt. Hilda hatte widerspruchslos akzeptiert, dass Edmar mitging, obwohl genug andere Dinge zu tun waren. Manchmal wunderte sich Adela darüber, anderer-

seits, sobald Edmar groß genug war, würde er diese schwere Aufgabe übernehmen. Vielleicht wollte Hilda, dass er schon jetzt lernte, wo er suchen musste. Er war bereits recht kräftig für sein Alter und würde wahrscheinlich schon bald mehr Gewicht tragen können als Adela. Ihr war es recht, dass sie Gesellschaft hatte, denn jeder Stein am Wegesrand erinnerte sie an Hanno und Edmar lenkte sie von ihren traurigen Gedanken ab.

Adela hörte Hilda und Edmar in der Küche lachen und schüttelte den Kopf. Der Tag war viel zu schön, um trüben Gedanken nachzuhängen. Sie zögerte noch einen Augenblick, sah die Sonnenstrahlen, die auf der Bettdecke tanzten. Die Welt drehte sich weiter und kümmerte sich nicht um die Verluste der Menschen.

Nach dem Frühstück steckte Adela die Säge in den Sammelkorb, schnallte sich ihn auf die Schultern und das kleine Beil an den Gürtel. Auch Edmar tat es, wenn auch sein Korb kleiner als Adelas war. Hilda betrachtete ihn stirnrunzelnd und winkte ihnen ernst zum Abschied. Adela wusste was das Stirnrunzeln bedeutete. Jedes Mal, wenn Adela und Edmar in den Wald gingen, sah man ihr den Groll über Hannos Verschwinden an. Die Leute auf dem Markt zerrissen sich das Maul darüber, dass Hanno Adela so kurz nach der Hochzeit hatte sitzen lassen. Die Männer, die bei der Suche geholfen hatten, hatten diese Meinung natürlich sofort zu Hause kundgetan und es hatte schnell die Runde durch die Dörfer gemacht. Ein weiterer Grund, warum Adela die Abgeschiedenheit in der Wolfsenke liebte. Draußen auf den Bauerhöfen tuschelte man nicht hinter dem Rücken anderer und tat gleichzeitig freundlich, als ob nichts wäre, sondern man sagte sich seine Meinung direkt ins Gesicht. Adela igno-

rierte die neugierigen und mitleidigen Blicke, wenn sie hinter ihrem Stand auf Kundschaft wartete. Aber sie bekam das Getuschel mit. Neugierige Fragen beantwortete sie nur knapp und höflich, ließ aber keinen Zweifel daran, dass sie anderer Meinung war. Nicht, dass es half. Beim ersten Mal hatte sie Hilda noch davon erzählt und Hilda hatte sich furchtbar über diese Tratschtanten aufgeregt. Sie machte sich Sorgen um das Ansehen der Familie und ließ sich auch nicht von Gerno davon überzeugen, dass das Geklatsche bald nachlassen würde. Schon bald würde ein neuer Skandal Hanno vergessen machen. Danach hatte Adela es nicht mehr erwähnt.
Adela und Edmar gingen ihre üblichen Stellen ab. Es hatte letzte Nacht wieder heftig geregnet und der Wald war bis auf das Unterholz nass geworden. Sie mussten lange suchen, um trockenes Holz zu finden und wie immer, wenn sie die vertrauten Wege abgingen, musste Adela an Hanno denken und die Kehle schnürte sich ihr zu.
Sie machten Pause und aßen schweigend etwas von ihrem Proviant.

„Er fehlt dir sehr, nicht wahr Ela?"
Adela musste nicht nachfragen, wen Edmar meinte und nickte nur stumm.

„Mir fehlt er auch", seufzte Edmar und schwieg wieder eine Weile.

„Ich glaube Mama hat Unrecht, wenn sie sagt, dass er abgehauen ist …"

„Edi, bitte!", unterbrach Adela das Gespräch, das sie mit ihm in den letzten Tagen so oft geführt hatte. Es riss immer wieder die Wunde auf. Und egal was auch der

Grund für Hannos Verschwinden war, er kam nicht zurück, sonst hätte er es längst getan.

Edmar setzte sich dicht neben sie und nahm ihre Hand. Nun rannen Adela die Tränen, die sie die ganze Zeit versucht hatte zurückzuhalten, über die Wangen. Sie nahm ihren kleinen Bruder fest in den Arm und schluchzte:

„Wie konnte er uns nur verlassen? Wir sind doch seine Familie gewesen!"

Unbeholfen strich Edmar seiner Schwester über die Haare. Er wusste noch nicht viel von Liebe, aber er hatte gesehen, wie sehr Adela und Hanno sich mochten und Hanno war auch sein Freund gewesen. Mutter tat ihm unrecht, wenn sie schlecht über ihn redete. Vielleicht war es ihre Art mit dem Verlust fertig zu werden, aber sie tat Adela damit weh.

Schließlich beruhigte sich Adela, rückte von Edmar ab und strich ihm über den Kopf.

„Entschuldige, Brüderchen.", schniefte sie und schaute sich um. Sie waren schon wieder dicht an der Grenze zum verfluchten Wald. „Ich fürchte wir werden heute nicht mehr genug trockenes Holz finden, um beide Körbe zu füllen. Wir sind schon viel zu weit gegangen. Wir schütten deinen Korbinhalt in meinen Korb und nehmen ein paar feuchte Äste mit, bis zum Winter werden auch sie trocken sein."

Edmar nickte zustimmend und bald war sein Korb mit feuchtem Holz gefüllt. Sie wollten sich schon auf den Rückweg machen, als Edmar plötzlich innehielt. Er setzte den Korb ab und zog einen kleinen Stofffetzen aus einem Busch.

„Ela, schau mal, was ich gefunden habe!"

„Edi, was machst du denn da, wir kommen zu spät zum Mittagessen!", Adela stapfte zu Edmar zurück, um zu sehen, was er da hatte. Sie setzte den schweren Korb neben ihm ab und nahm den kleinen Stofffetzen in ihre Hand. Ihr stockte der Atem. Das konnte unmöglich sein. Edmar stand aufgeregt neben ihr.

„Das ist von Hannos Hose! Nur er hat gelbe Hosen getragen."

Hannos farbenfrohe Kleidung war immer Anlass zum Gelächter gewesen und seine Antwort auf ihren Spott hatte immer: „So findet ihr mich einfacher, wenn ich mich mal verlaufe!", gelautet.

Adela wurde erst heiß, dann kalt, als sie sich umschaute. Sie waren hier schon am Fuße des Bergs der Finsternis. Die Schatten griffen schon auf diesen Teil des Waldes über und bald würden sie hierher nicht mehr zum Holzsammeln kommen können. An dem Tag, als Hanno allein Holz suchen war, hatte die Sonne kaum geschienen. Die Schatten hatten sich mit Sicherheit schon bis hierher breitgemacht. Und im Dunkeln sah man nicht, ob man im Kreis ging. Wenn man nicht auf einem Weg war, war es immer am besten, den Morgen abzuwarten. Denn die Gefahr, sich hoffnungslos im Wald zu verlaufen, war zu groß, selbst wenn man dabei nicht in den verfluchten Wald geriet. Jeder in der Gegend wusste, wenn man in die Finsternis geriet, kam man nicht mehr hinaus. Einmal war eine Jagdgesellschaft aus Schafsheim zu weit in die Schatten geraten und nicht zurückgekehrt und auch von der Suchmannschaft, welche die Spur der Jäger bis zum Berg der Finsternis verfolgt hatte, hatte man nie wieder etwas gehört. Sie waren einfach in den Schatten verschwunden. Furcht stieg in Adela auf und als ob die

Schatten ihre Furcht spürten, nahm das Licht ab und es wurde zunehmend dunkler. Edmar rückte dicht an sie heran.

„Du glaubst doch auch, dass Hanno beim Holzsuchen in die Finsternis geraten ist und sich darin verlaufen hat?", fragte Edmar mit dünner Stimme. Adela schluckte nur, dann räusperte sie sich.

„Er wusste, dass er da nicht hineingehen soll."

„Ja, aber er hat nicht wirklich daran geglaubt und die Finsternis beginnt schleichend. Vielleicht liegt er nicht weit entfernt verletzt da und wartet auf Hilfe. Hanno!" Das letzte Wort hatte Edmar laut gerufen und nun lauschten sie in die Stille. Selbst die Vögel hatten aufgehört zu singen und waren vor der schleichend näher kommenden Dunkelheit geflohen.

„Vielleicht sollten wir ein Stück weitergehen." Edmar machte einen Schritt, aber Adela hielt ihn zurück.

„Nein, darin können wir ihn nicht suchen!", sagte sie bestimmt. Edmar machte ein enttäuschtes Gesicht.

„Aber ..."

„Nein, Edmar! Ich will dich nicht auch noch verlieren!", sagte Adela entschieden, nahm ihn an der Hand und zog ihn mit sich zurück ins Licht.

In die Schatten

Es dämmerte gerade, als Edmar aus seinem unruhigen Schlaf erwachte. Albträume von Hanno, wie er durch den verfluchten Wald irrte, von Monstern verfolgt, hatten ihn kaum schlafen lassen. Er musste wieder an das traurige Gesicht seiner Schwester denken. Immer wenn sie sich unbeobachtet fühlte, weinte sie. Sie wusste nicht, dass er es wusste und Mutter schien es egal zu sein. Sie hatte ihre Meinung über Hanno in Eisen gegossen und wich nicht mehr davon ab. Er hatte ihr von dem Stofffetzen erzählt, doch sie hatte seine Argumente beiseite gewischt. Sie sah auch nicht die Trauer ihrer Tochter. Oder wollte sie vielleicht auch nicht sehen. Sicher vermisste sie Vater genauso wie Adela Hanno vermisste, auch wenn es nun schon zwei Jahre her war, dass Vater gestorben war. Edmar war vielleicht noch jung, aber er hielt Augen und Ohren offen und bekam viel mit. Auch wenn er es nicht immer verstand, machte er sich so seine Gedanken. Die Erwachsenen benahmen sich schon manchmal sehr merkwürdig, versteckten ihre Gefühle und taten Dinge, von denen sie dachten, sie seien richtig, obwohl sie das Gegenteil glaubten. Edmar liebte seine große Schwester, die ihn immer zum Lachen brachte und die ihn tröstete, wenn er traurig war. Als Mutter nach dem Tod des Vaters kaum noch sie selbst war, hatte sich Adela um ihn gekümmert. Es schmerzte ihn, sie so traurig zu sehen und er wollte unbedingt, dass sie wieder fröhlich wurde. Er sah sich zu ihr um. Nur die Spitze ihres Haarschopfes lugte unter der Bettdecke hervor. Auch ihre Mutter schlief noch tief und fest, aber wahrscheinlich nicht mehr lange. Sie wachte immer noch vor dem ersten Sonnenstrahl auf. Edmar fasste einen Entschluss. Er würde Hanno suchen gehen. Er hatte keine Angst vor dem Berg der Finsternis und auch nicht vor der Dunkelheit, die in seinen Wäldern herrschte, schließlich gab es ja Lampen. Er würde Hanno finden und ihn nach Hause bringen und alles würde gut werden. Adela würde wieder fröhlich sein und seine Mutter würde einsehen müssen, dass sie die ganze Zeit Unrecht hatte. Er musste jetzt nur leise sein, damit Hilda und Adela nichts merkten, denn sie würden es sicherlich nicht erlauben. Langsam schob er die Decke zur Seite, sammelte seine Kleidung und seine Schuhe ein und schlich sich auf Zehenspitzen zur Tür. Davor holte er tief Luft, schaute sich noch einmal um und öffnete ganz langsam die Tür zur Küche. Sie quietschte immer, wenn man sie öffnete und je schneller man sie öffnete, desto lauter quietschte sie. Die Tür gab ein schabendes Geräusch von sich, als Edmar sie soweit aufzog, dass er hinausschlüpfen konnte. Hilda zog geräuschvoll Luft ein und drehte sich um. Edmar erstarrte und wartete ein paar Minuten, bis er sicher war, dass Hilda noch weiterschlief. Dann schlich er hinaus, schnappte sich seinen Schulterbeutel und schlüpfte durch die Haustür. Draußen zog er sich an, nahm sich aus der Speisekammer noch etwas Proviant sowie die Lampe und eine Flasche Lampenöl und machte sich auf den Weg. Er schlug denselben Weg ein, den sie auch gestern gegangen waren. Er kannte den Weg mittlerweile schon ganz gut und musste an den Kreuzungen nicht überlegen, welchen Abzweig er nehmen sollte. Die Luft war frisch und der immer heller werdende Himmel, der durch die Baumkronen blitzte, versprach wieder einen schönen Tag. Das war gut, denn so würden die Schatten sich ein Stück zurückgezogen haben. Vielleicht fand er noch ein paar Hinweise, die ihn zu Hanno führen würden. Edmar pfiff mit den Vögeln um die Wette und gelangte nach nicht allzu langer Zeit, an die Stelle, an der sie den Stofffetzen gefunden hatte. Er schaute sich um, entdeckte aber keine weiteren Spuren. Die Sonne war bereits aufgegangen und schickte ihre Strahlen durch die Lücken im Blätterdach.

„Hanno!", Edmars Ruf verklang ungehört. Stille machte sich breit. Die Vögel waren verschwunden und wie gestern schienen die Schatten sich auszubreiten. Edmar konnte genau die Grenze sehen, wo die Schatten des verfluchten Waldes begannen. Die Sonnenstrahlen wurden dort einfach von ihnen verschluckt, gelangten nicht mehr auf den Boden, als ob sie von einer unsichtbaren Wand aufgehalten wurden. Edmar lauschte und er hörte ein Wispern, das direkt aus den Schatten zu kommen schien. Edmar versuchte in dem Dämmerlicht etwas zu erkennen.

„Hanno?" Edmars Stimme zitterte, als er erneut nach seinem Freund rief. Das Wispern wurde lauter, es lockte ihn, lud ihn ein, den Weg weiterzugehen, der ihn direkt in die Wälder des Bergs der Finsternis führen würde. Edmar lief ein Schauer den Rücken herunter. Das unbehagliche Gefühl, das ihn überkam, sagte ihm ganz deutlich, dass die Idee, Hanno im verfluchten Wald zu suchen, vielleicht doch nicht so gut war und ganz leise in seinen hintersten Gedanken hörte er seine Schwester sagen, dass sie ihn nicht auch noch verlieren wollte. Er wusste, dass er nicht weitergehen sollte, dass er umkehren sollte, doch mit jedem Moment, den er zögerte, wurde die mahnende Stimme seiner Schwester leiser. Die

Stimmen lockten, verdrängten seine Vernunft und alle Ängste und er machte die ersten Schritte weiter den Weg hinunter. Erst noch zögernd, dann fester und entschlossener schritt er aus. Die Lampe steckte vergessen in seinem Schulterbeutel, denn er sah den Weg deutlich vor sich und die Stimmen führten ihn.

Edmar war erst wenige Schritte weit gegangen, als bereits jedes Tageslicht verschwunden war. Es schien Nacht zu sein, nur, dass der fahle Schimmer nicht vom Mond kam, sondern von den Bäumen. Edmar schaute genauer hin und erkannte, dass es eine Art schleimiger Pilz war, der auf allen Baumstämmen zu wachsen schien und dieses schwache, bläuliche Licht verströmte. Nun nahm Edmar auch den Geruch war. Es war ein widerlicher Geruch nach Verwesung und verdorbenem Kohl. Vermutlich verbreitete der Baumpilz den Geruch, denn er war überall. Edmar schaute sich um und stellte mit Entsetzen fest, dass der Weg hinter ihm verschwunden war. Sein Herz schlug schneller. Er schaute nach vorn. Im schwachen Licht war der Weg eindeutig erkennbar. Er ging ein paar Schritte weiter und drehte sich um, als es hinter ihm raschelte. Er hätte schwören können, dass sich die Bäume bewegt hatten und nun den Weg zurück versperrten. Er schüttelte den Kopf, das musste er sich einbilden, es konnte gar nicht anders sein. Durch den Geruch sah man vielleicht Dinge, die gar nicht da waren. In Schafsheim hatte es mal einen Mann gegeben, der geglaubt hatte, dass er fliegen konnte. Er hatte sich schließlich vom Kirchturm gestürzt. Adela hatte diese Geschichte wochenlang auf dem Markt gehört. Edmar versuchte ruhig zu bleiben und sich zu konzentrieren, aber dennoch keimte Panik in ihm auf. Es war keine gute Idee gewesen, auf die Suche nach Hanno zu gehen. Nun, wo er in den Schatten festsaß, war ihm das klar. Mutter und Adela machten sich bestimmt schon Sorgen. Er wusste nicht wie lange er schon unterwegs war, es konnte noch nicht allzu lange sein, aber es kam ihm wie eine Ewigkeit vor. Er lauschte und stellte fest, dass das Gewisper verstummt war. Er hörte nur noch sein hektisches Atmen. Und dann, wie auf Kommando, begannen die Stimmen wieder zu flüstern, immer lauter, bis sie sich wie ein Schwarm Bienen anhörten. Edmar hielt sich die Ohren zu, aber er konnte die Stimmen nicht aussperren. Dann öffnete sich ein Paar gelber Augen und starrte ihn an. Dann ein zweites, ein drittes. Immer mehr Augen öffneten sich. Das war zu viel für Edmar. Er machte auf dem Absatz kehrt und rannte in die Richtung zurück, aus der er gekommen war. Die Stimmen hielten Schritt, sie waren nur einen Atemzug von ihm entfernt. Sein Atem ging immer schneller, während er versuchte, tief hängenden Ästen auszuweichen. Er hatte sich nicht getäuscht, der Weg war nicht mehr da. Wie konnte das sein? Aber er war noch nicht weit gegangen und wenn er nur in die richtige Richtung lief, müsste er doch die Schatten bald verlassen haben. Die kahlen Büsche schienen nach seinen Füßen zu greifen, als wollten sie ihn zu Fall bringen. Er merkte, wie sein Hemd riss und ein Stück Stoff an einem Ast hängen blieb. Er erkannte, dass es Hanno genauso ergangen sein musste. So wie die Schatten jedes Licht schluckten, unterdrückten sie jegliche Vernunft. Man rannte in Panik weiter, bis man völlig die Orientierung verloren hatte. Diese Erkenntnis half ihm aber nicht, sie drang nicht durch die Angst, die von ihm Besitz ergriffen hatte. Wie von Sinnen rannte er weiter, die

Stimmen wisperten immer zu, ohne dass er verstehen konnte, was sie sagten. Eine leise Stimme in seinem Hinterkopf sagte ihm, dass es keine gute Idee wäre, genau hinzuhören, was die Stimmen eigentlich genau sagten. Edmar rannte weiter, bis er vor Erschöpfung stolperte. Er blieb einfach liegen und lauschte seinem hektischen Atem. Es war kein Tageslicht zu sehen. Die Dunkelheit war überall. Langsam beruhigte er sich und konnte allmählich wieder klare Gedanken fassen. Er war sich sicher, dass er längst auf dem vertrauten Weg hatte sein müssen, aber er war einfach nicht da. Edmar hatte sich in der Dunkelheit hoffnungslos verirrt. Seine Füße schmerzten, als steckten sie in viel zu kleinen Schuhen. Er schaute nach unten und sah, dass seine Hose nur noch bis zu den Waden reichte. Er zog die Schuhe aus und tatsächlich, seine Füße waren zu groß dafür. Er schaute an sich herunter. Sein Hemd, eben noch viel zu groß, passte jetzt und die Hose drückte ihm den Bauch ab. Rasch lockerte er den Gürtel und holte tief Luft, nur um dann von dem Gestank, den der Wald ausströmte, einen Hustenanfall zu bekommen. Was passierte hier? Wieso schrumpften seine Kleider? Er stand auf. Waren das immer noch Wahnvorstellungen, oder geschah das wirklich?

„Hanno!" Erschrocken stolperte Edmar einen Schritt zurück. Seine Stimme war nicht mehr die eines Kindes. Seine Kleider waren nicht geschrumpft, er war älter geworden! Einen Moment lang durchflutete ihn Freude. Nun würde er richtig auf dem Hof anpacken können und Mutter würde wieder fröhlich werden, aber dann packte ihn wieder die Realität. Er hatte sich in den Schatten verirrt und es war offensichtlich, dass er den Weg zurück allein nicht finden würde. Und er war in kurzer Zeit, es konnten maximal einige Stunden gewesen sein, um mehrere Jahre gealtert. Wieviel Zeit würde ihm noch bleiben, bevor er schlichtweg an Altersschwäche starb? Er begriff, dass das schnelle Altern ein Teil des Fluches sein musste. So konnte niemand von seinen Erlebnissen im verfluchten Wald erzählen. Wer wusste schon, was sich hier für dunkle Geheimnisse verbergen mochten. Er rappelte sich hoch. Er musste einen Weg aus diesem verfluchten Wald finden, auch wenn er nicht wusste wie. Alles sah gleich aus. In dem fahlen Schein der Bäume konnte er kaum etwas erkennen. Er bückte sich, um den Boden näher zu untersuchen und konnte seine eigenen Fußspuren sehen, die er in dem morastigen Boden hinterlassen hatte. Vielleicht konnte er ja seine eigenen Spuren zurückverfolgen und so den Weg aus dem Wald finden. Hoffnung keimte in ihm auf und er richtete sich auf. Es würde lange dauern, da er in dem schwachen Licht mehr oder weniger auf den Knien krabbeln musste. Entschlossen kniete sich Edmar vor dem ersten Fußabdruck hin, suchte den nächsten, das Gesicht dicht über dem Boden, fand ihn und krabbelte ein Stück weiter. Er fand den nächsten Abdruck und dann einen weiteren. Ein Hochgefühl überkam ihn, er würde es schaffen und aus dem verfluchten Wald hinausfinden und allen erzählen können, was in den Schatten passierte. Da setzten die Stimmen wieder ein, trafen ihn wie ein unsichtbarer, heftiger Windstoß und warfen ihn um.

„Bleib hier, bleib bei uns", flüsterten sie und auf einmal überkam Edmar eine wunderbare Ruhe. ‚Nur ein paar Minuten ausruhen', dachte er sich und schloss die Augen. Er war so müde und seine Fußspuren würden auch

noch da sein, wenn er ein wenig geruht hatte.
Rings um ihn herum öffnete sich ein Paar gelber Augen nach dem anderen.

Adelas größte Angst

Adela schreckte abrupt aus dem Schlaf hoch. Sie hatte einen fürchterlichen Traum gehabt. In dem Traum hatte sich Edmar heimlich aus dem Haus geschlichen, um Hanno zu suchen und hatte im Wald des Bergs der Finsternis ein schreckliches Ende gefunden. Sie konnte noch die Panik fühlen, die sie empfunden hatte, als Edmar, von unheimlichen Wesen gejagt, immer tiefer in den verfluchten Wald geraten war. Sie ließ sich zurück auf das Kissen sinken und lauschte eine Weile ihrem Herzschlag, der sich nur langsam beruhigte. Der Traum war ungewöhnlich lebendig gewesen. Draußen war es schon hell, wenn auch die Sonne noch nicht ganz aufgegangen war. Sie hob wieder ihren Kopf und sah zu ihrer Mutter hinüber, die noch schlief. Eine seltene Ausnahme, denn sonst wachte Hilda auf, sobald das erste Tageslicht sich zeigte. Adela lächelte. Heute würde sie die erste sein und ein schönes Frühstück vorbereiten. Sie schwang ihre Beine aus dem Bett und blickte zu Edmar hinüber. Ihr stockte das Herz und jegliches Blut wich ihr aus dem Gesicht. Edmars Bett war leer, seine Sachen fehlten und die Tür zur Küche stand einen Spalt weit offen. Sie starrte eine Weile auf die Tür und versuchte zu begreifen, was sie sah. Ihr Traum kam ihr wieder mit aller Gewalt in den Sinn und ihr Herz begann zu rasen. Sie legte die Hand auf ihr heftig klopfendes Herz und versuchte krampfhaft, sich zu beruhigen und tief durchzuatmen. Er war bestimmt nur auf die Toilette gegangen, versuchte sie sich einzureden. Bestimmt hatte das nichts zu bedeuten und er schlich sich gleich leise zurück ins Haus, um sie und ihre Mutter nicht zu wecken. Wenn Edmar wollte, konnte er sehr rücksichtsvoll sein. Sie stand auf, nahm ihre Sachen, schlüpfte durch die Tür und zog sie, so leise es ging, hinter sich zu. Rasch zog sie sich an und spritzte sich ein wenig Wasser ins Gesicht. Die ganze Zeit lauschte sie, ob Edmar wieder zurückkam, aber es war still, selbst die Hühner schliefen noch. Nur ein paar vereinzelte Vögel zwitscherten schon. Das ungute Gefühl kam mit aller Macht zurück. Irgendetwas stimmte nicht. Entschlossen machte sie sich auf die Suche. Sie umrundete das kleine Haus und fand eine leere Toilette vor. Sie ging die Wege im Garten ab, schaute im Gartenhäuschen nach, aber keine Spur von ihrem Bruder. Einer Eingabe gehorchend schaute sie in die Speisekammer, aber auf den ersten Blick fiel ihr nichts auf. Die Speisekammer war gut gefüllt, also schwer zu sagen, ob etwas fehlte, dennoch ließ sie dieses ungute Gefühl nicht los. Vielleicht machte Edmar nur wieder einen seiner Späße und beobachtete sie die ganze Zeit, wie sie ihn suchte und lachte sich ins Fäustchen. Allerdings konnte sie sich nicht vorstellen, dass er so etwas um diese Tageszeit tat. Ein letztes Mal ließ sie den Blick durch die Kammer gleiten und er fiel auf die Stelle, wo sonst die Lampe stand. Sofort begann Adelas Herz wieder zu pochen und Gewissheit breitete sich in ihr aus. Edmar war in den verfluchten Wald gegangen, warum hatte er sonst die Lampe genommen?

„Ah, hier steckst du!"

Adela zuckte zusammen. Sie hatte ihre Mutter nicht kommen gehört.

„Ich suche Edmar und die Lampe fehlt."

Ihre Mutter zuckte mit den Schultern.

„Er wird sie mit auf die Weide genommen haben, er

geht doch immer früh nach den Schafen schauen und es wird gerade erst hell. Guter Junge, vielleicht wird aus ihm ja doch noch ein Frühaufsteher." Hilda lächelte Adela unbesorgt an.

Adela sah ihre Mutter scharf an. Edmar war seit Hannos Verschwinden nur wenige Male auf der Weide gewesen, er war mit ihr Holz sammeln gegangen. Hilda und die Aushilfe, die Gerno schickte, hatten sich meist um die Tiere gekümmert. Hilda hatte sich schon umgedreht und ging zurück ins Haus. Adela sah ihr stirnrunzelnd nach. Sie hatte sich damit abgefunden, dass Hilda sich Gernos Meinung, was Hannos Verschwinden anging, angeschlossen hatte. Aber dennoch machte es ihr Sorgen, wie Hilda seit Vaters Tod manche Dinge verdrängte oder einfach nicht wahrnahm. Adela schüttelte den Kopf, vielleicht hatte sie ja Recht, das würde auch erklären, warum Edmar schon so früh aufgebrochen war, so könnte er zum Frühstück zurück sein. Er hatte sich immer gern um die Schafe gekümmert und diese Arbeit vermisst. Vielleicht hatte er einfach nicht schlafen können und hatte beschlossen auf die Weide zu gehen. Nach den gestrigen Ereignissen wäre das kein Wunder, schließlich hatte sie ja auch nicht gut geschlafen und war vor ihrer Zeit aufgewacht. Edmar war in den letzten Monaten schneller erwachsen geworden, als er es sollte. Gut möglich, dass er tatsächlich von sich aus eine Aufgabe erledigte, ohne dass man es ihm sagen musste. Aber dennoch, das ungute Gefühl blieb.

Als Adela das Haus betrat, hatte ihre Mutter bereits den Tisch gedeckt. Adela blieb nichts anderes übrig als noch mit ihr zu frühstücken, bevor sie zum Holzsammeln aufbrach. Sie spielte kurz mit dem Gedanken, ihre Ängste, dass Edmar in den Wald des Bergs der Finsternis gegangen sei, um Hanno zu suchen, anzusprechen, als ihre Mutter verwundert sagte:

„Edmar lässt sich aber heute Zeit bei den Schafen!"

Adela kniff den Mund zu. Nein, sie würde ihre Mutter nur wütend machen. Das Thema Hanno anzusprechen, war keine gute Idee. Sie würde ihren Bruder einfach suchen müssen.

Sofort nach dem Frühstück machte sich Adela auf den Weg. Entgegen ihrer inneren Stimme, die sie zur Eile mahnte, machte sie noch einen Abstecher zur Weide. Sie stellte sich vor, wie er auf seinem Lieblingsstein saß, den Schafen etwas auf seiner Flöte vorspielte und darüber die Zeit vergessen hatte. Aber Edmar war nicht zu sehen und auch der Rastplatz war schon seit ein paar Tagen nicht mehr benutzt worden. Sie verfluchte sich, dass sie kostbare Zeit verschwendet hatte. Ihr Traum fiel ihr wieder ein und sie war sich plötzlich sicher, dass er nicht nur ein Traum, ein Produkt ihrer Phantasie und ihrer Ängste war, sondern dass es genauso passiert war und dass Edmar jetzt in großen Schwierigkeiten steckte. Sie hastete den Weg zurück zum Wald, ließ die Kiepe am Waldrand stehen, denn sie würde sie nur behindern und machte sich auf die Suche nach Edmar.

Sie lief den Weg entlang, an dessen Ende sie am Vortag den Stofffetzen aus Hannos Jacke gefunden hatten. Immer wieder rief sie Edmars Namen in der Hoffnung, dass er erst kurz bevor sie aufgewacht war aufgebrochen war. Aber keine Antwort kam zurück. Sie hastete weiter den Weg entlang, immer wieder verfingen sich ihre Haare in tief hängenden Zweigen. Sie konzentrierte sich auf den Weg, ihr keuchender Atem klang laut in ihren Ohren

und so entging ihr die ungewöhnliche Stille, die um sie herum eingetreten war. Nur vereinzelt war noch ein Vogel zu hören. Die Schatten breiteten sich weiter aus. Mit jedem verirrten Wanderer wurden sie stärker und griffen auf gesundes Gebiet über. Und sie hatten in den letzten Tagen viel Nahrung erhalten.
Adela konnte nicht mehr. Vornüber gebeugt blieb sie keuchend stehen und hielt sich die schmerzende Seite. Es schien eine Ewigkeit zu dauern, bis das Seitenstechen nachließ. Irgendwann richtete sie sich auf und schaute sich um. Der Wald um sie herum lag im Dämmerlicht, als ob die Sonne bereits unterging. Sie drehte sich um und schaute in die Richtung aus der sie gekommen war. In einiger Entfernung konnte sie noch Sonnenstrahlen durch das Blätterdach auf den Waldboden dringen sehen. Sie hatte die Schattengrenze erreicht und bis jetzt keine Spur von Edmar. Wieder rief sie seinen Namen. Stille umgab sie. Langsam ging sie den Weg weiter. Ein kalter Hauch umwehte sie und ließ sie frösteln. Sie schaute sich um und entdeckte einen Stofffetzen an einem Strauch. Ihr Herz setzte aus. Sie hastete hin und riss ihn vom Strauch. Er gehörte eindeutig zu Edmars Hemd, denn es waren Flecken vom Beerenkompott darauf, das es gestern Abend gegeben hatte.
Sie ließ sich auf die Knie fallen und Tränen liefen ihr über das Gesicht. Er war tatsächlich in den verfluchten Wald gelaufen, obwohl sie es ihm verboten hatte. Er war mit der Legende aufgewachsen und kannte die Bedrohung, die vom verfluchten Wald ausging. Und dennoch war er hineingegangen. Was hatte er sich denn nur dabei gedacht? Warum hatte er geglaubt, dass es ihm anders als den anderen Vermissten ergehen würde? Adela fiel die

fehlende Lampe ein. Konnte er tatsächlich geglaubt haben, dass er mit einer kleinen Lampe in der Dunkelheit bestehen konnte? Verzweiflung drohte sie zu überwältigen. Was sollte sie denn nur tun? Ihn suchen gehen und ebenfalls in den Schatten verschwinden und ihre Mutter ganz allein lassen? Das wäre ihr Ende. Nach dem Tod des Ehemannes würde sie den Verlust ihrer Kinder nicht verkraften. Aber Edmar einfach seinem Schicksal überlassen, so wie sie es bei Hanno getan hatte? Dort hatte ihre Angst gesiegt. Und sie hatte es sich nicht verzeihen können. Unschlüssig stand sie auf, der Schweiß ihrer Hände durchtränkte den Stofffetzen, den sie unablässig knetete. Sie drehte sich um, schaute zum Licht, das lockte und ihr riet, in Sicherheit zu bleiben. Doch sie konnte nicht. Sie würde es sich nie verzeihen, wenn sie Edmar nun auch noch im Stich ließ. Sie war sich sicher, dass er es für sie getan hatte, damit sie nicht mehr traurig sein würde. Sie würde mit dem Gedanken nicht leben können, ihren kleinen Bruder einfach in der Dunkelheit zurückgelassen zu haben.

„Verzeih mir, Mutter!", flüsterte sie und drehte sich um, atmete tief durch und ging langsam weiter den Weg entlang, der in den Schatten doch deutlich vor ihr lag.
Immer wieder rief sie Edmars Namen und nach einer Weile hörte sie ein leises Flüstern. Sie blieb stehen, um zu horchen, woher es kam.

„Edmar?"

War er doch noch am Leben und rief um Hilfe? Hoffnung keimte in ihr auf. Edmar war ein zäher Bursche und nicht so leicht zu erschrecken.
Das Flüstern kam definitiv aus der Richtung in die der Weg führte. Immer wieder nach Edmar rufend, lief Ade-

la den Weg entlang in die Dunkelheit hinein. Sie sah nicht, wie sich der Weg hinter ihr schloss und bemerkte auch nicht die gelben Augen, die sich nach und nach öffneten und sie beobachteten.

Heimlicher Beobachter

Der Junge schlief unruhig. Sein Kopf zuckte immer wieder, während er leise stöhnte. **Sie** konnte sehen, wie sich seine Augen hinter den geschlossenen Liedern bewegten. **Sie** wusste, was ihn quälte, denn alle, die hier einschliefen, hatten die gleichen Träume. Langsam, aber sichtbar wurde er älter. Er hatte das Erwachsenenalter schon erreicht und der Bart war schon längst mehr als nur ein Flaum. **Sie** spürte einen Hauch von Bedauern. Ein Jammer. Er wäre ein gut aussehender Mann geworden, dem die Frauen nur so hinterhergelaufen wären. **Sie** spürte wie seinen Beobachtern schon das Wasser im Mund zusammenlief. Bald würde er sterben. Wenn die Menschen, die sich in den Schatten verirrt hatten, erst einmal schliefen, wachten sie in der Regel nicht mehr auf. Die Erschöpfung ließ sie einschlafen und das Alter nicht mehr aufwachen. Und wenn sie doch noch einmal aufwachten, ließ die Hoffnungslosigkeit ihrer Situation sie einfach sitzen bleiben und auf den Tod warten. So hatte **sie** es schon viele Male gesehen und so würde es auch dieses Mal sein. Die Hetzjagd war zu Ende, die Schattenalben brauchten nur zu warten. In ein paar Tagen, wenn der Junge schon eine Weile tot war, würde sein verwesendes Fleisch ihnen wunderbar schmecken. Es kam selten vor, dass sich in so kurzer Zeit zwei Menschen in den Wald verirrten. Oft mussten die Schattenalben monatelang hungern. **Sie** merkte, wie die Schattenalben, die den Wald des Bergs der Finsternis bevölkerten und **ihre** Augen und Ohren waren, näher an den schlafenden Jungen heranrückten. Sie schauten ihn sich genau an und teilten die Körperteile untereinander auf. Jeder von ihnen hatte seine Vorlieben, sodass selten Streit aufkam. **Sie** lockte von Zeit zu Zeit Menschen in den verfluchten Wald, als Nahrung und Belohnung für ihre Helfer. **Sie** hatte keine Wahl, wollte **sie** nicht völlig blind in diesem verfluchten Wald **ihr** Dasein fristen.

Doch dieser Junge war anders, er hatte beinahe einen Weg gefunden, seinem Schicksal zu entkommen, hätte **sie** ihn nicht aufgehalten. Er hatte die Panik zurückgedrängt und nach einem Ausweg gesucht. Er hatte nicht einfach aufgegeben, so wie die anderen. Was hatte ihm nur die Kraft dazu gegeben, der Finsternis zu trotzen? War er vielleicht der, auf den **sie** gewartet hatte? Eine reine Seele, mit deren Hilfe **sie** sich endlich ihrer lästigen, verhassten Schwester entledigen konnte? **Sie** rief die Schattenalben zurück. Diese Mahlzeit war nicht für sie. Sie knurrten, bettelten und drohten, doch **sie** hatte sie gut im Griff und sie zogen sich ein Stück von dem schlafenden Edmar zurück. Aber wie sollte **sie** ihn dazu bringen, **ihr** zu helfen?

Plötzlich drang ein Ruf durch die Dunkelheit.

„Edmar!"

Der Junge regte sich.

Wieder ertönte der Ruf, aber diesmal weiter weg.

Der Junge wachte trotzdem auf.

„Ela?", rief er noch verschlafen.

Hilda bleibt allein zurück

Immer wieder richtete sich Hilda auf und schaute in die Richtung, aus der Adela und Edmar eigentlich schon vor geraumer Zeit hätten kommen sollen. Hilda bückte sich wieder und jätete verbissen das Unkraut weiter, das sich zwischen den Mohrrüben breitmachte, nur um sich kurze Zeit später wieder aufzurichten und erneut sorgenvoll in Richtung Haus zu starren. Ihr gingen Adelas Sorgen über Edmars frühes Verschwinden nicht aus dem Kopf. Sie hatte Adela nur beruhigen wollen, auch wenn sie ihr angesehen hatte, dass sie ihre Sorgen nicht zerstreut hatte. Aber Edmar war ein vernünftiger Junge. Er hatte wahrscheinlich nur Zeit für sich gebraucht und saß irgendwo an einem geheimen Plätzchen und spielte Flöte. Die letzte Zeit war auch für ihn nicht leicht gewesen. Er hatte schon viel in seinem jungen Leben erlebt und es tat ihr leid, dass er schon so viel arbeiten musste, anstatt einfach Kind sein zu können. Sie wusste, dass Adela und Edmar fest daran glaubten, dass sich Hanno im verfluchten Wald verlaufen hatte und egal, was sie auch sagte, sie waren nicht davon abzubringen. Und selbst wenn es so war, würde für Hanno nun jede Hilfe zu spät kommen. Es war also besser, wenn sie sich mit seinem Verschwinden abfanden und nach vorne schauten. Wenn Adela das nur einsehen würde. Sie war jung und hatte das Leben noch vor sich. Sicher schmerzte Hannos Verlust, sie selbst vermisste ihren Mann auch noch nach zwei Jahren schrecklich und konnte nur langsam einen Gedanken an einen neuen Mann zulassen und selbst dann würde es nicht so sein wie mit ihrem verstorbenen Ehemann. Aber sie war schon alt und hatte mit ihrem Mann eine lange Zeit verbracht. Sie schüttelte energisch den Kopf und wandte sich wieder dem Unkraut zu. Adela brauchte nur noch ein wenig Zeit und dann würde sie wieder eine neue Liebe finden. Gernos Jüngster hatte ein Auge auf sie geworfen und war ganz enttäuscht gewesen, als sie Hanno geheiratet hatte, auch wenn er tapfer versucht hatte, es zu verbergen. Hilda hielt wieder inne. Und wenn Edmar nun doch in den verfluchten Wald gegangen war, um Hanno zu suchen? Selbst wenn er sich zum Spielen zurückgezogen hatte, würde er doch nicht den ganzen Tag wegbleiben? Wieder schüttelte sie den Kopf und hackte weiter. Edmar war ein vernünftiger Junge und viel zu schlau, um in den verfluchten Wald zu gehen. Und Adela hatte ihn sicher, bevor sie in den Wald gegangen war, geholt und deswegen brauchten sie heute etwas länger. Sie kannte ihren kleinen Bruder genau und kannte auch seine Verstecke. Mit Gewalt drängte Hilda die beunruhigenden Gedanken aus ihrem Kopf und konzentrierte sich ganz auf ihre Arbeit.

Es war später Nachmittag als Hilda sich eingestand, dass ihre Kinder sich nicht nur verspätet hatten. Sie räumte die Geräte weg und stand unschlüssig vor dem Haus, ratlos, was sie nun tun sollte. Der Gedanke, dass Adela und Edmar in die Schatten gegangen waren, ließ sie nicht mehr los. Wie konnten sie ihr das nur antun, sie ganz alleine zurücklassen? Sie wussten doch, wie sehr sie sie brauchte. Angst schnürte ihr die Kehle zu und ihre Verzweiflung bahnte sich ihren Weg. Erst liefen nur einzelne Tränen, aber sie ließen sich nicht stoppen und bald schüttelte sie ein Weinkrampf und zwang sie in die Knie. Sie schrie ihr Leid und den Schmerz, der sich in den letzten Jahren angesammelt hatte, hinaus. Es war einfach alles zu viel. Als die Tränen irgendwann nachließen, konnte sie wieder klarer denken. Ihre Kinder waren verschwunden. Da sie sich noch nie verlaufen hatten, war das auch jetzt nicht geschehen. Dass beiden gleichzeitig etwas zugestoßen war, sodass sie keine Hilfe holen konnten, war eher unwahrscheinlich. Sie würde morgen früh zu Gerno gehen und ihn bitten, noch mal eine Suche zu organisieren, nur für den Fall. Aber sie war sich sicher, dass die Suche erfolglos sein würde. Sie wusste nicht, was ihre Kinder dazu getrieben hatte, in den verfluchten Wald zu gehen. Vielleicht hatte sie ihren Schmerz unterschätzt. Doch konnten sie so verzweifelt gewesen sein, dass sie die Gefahr außer Acht gelassen hatten? Sie wussten doch ganz genau, dass jeder, der in die Schatten gerät, nicht wieder herauskommt. Es war sinnlos jemanden in den Schatten zu suchen. Wieder begannen die Tränen zu laufen. Hilda kamen die vielen Momente in den Sinn, in denen sie Adela gesagt hatte, sie solle froh sein, dass sie Hanno los sei, dass er sie nur ausgenutzt hatte. Sie hatte sie nicht ein einziges Mal in den Arm genommen, hatte auf ihren Einspruch nur bissige Kommentare bereit gehabt. Sie sah Adelas trauriges Gesicht vor sich und erkannte mit einem Mal, dass sie, obwohl sie es nur gut gemeint hatte, doch falsch gehandelt hatte. Sie hätte Adela und Edmar trauern lassen sollen und sie trösten sollen, bis sie von selbst bereit waren, nach vorne zu schauen. Aber sie hatte von ihnen verlangt, so zu tun, als sei nichts Schlimmes passiert. Abhaken und vergessen. Aber egal, was auch passiert war, sie hatten einen geliebten Menschen verloren. Hannos Verschwinden hatte ein großes Loch in ihr Leben gerissen, das nicht einfach so zu stopfen war. Und wenn sie ganz ehrlich war, fehlte

Hanno auch ihr. Seine immerwährende gute Laune und das verschmitzte Grinsen, das er immer im Gesicht hatte, wenn er und Edmar sich wieder einen Streich ausgedacht hatten. Nein, sie konnte Adela nicht verdenken, dass sie sich in ihn verliebt hatte, auch wenn sie nach wie vor der Meinung war, dass er nicht für das Leben auf einem Bauernhof geschaffen war.

„Es tut mir leid!", flüsterte sie. „Es tut mir so leid!"
Sie wischte sich die Tränen ab und kam langsam auf die Füße. Ihr Kopf war leer. Ohne die Kinder hatte das Leben keinen Sinn mehr. Für wen sollte sie den Hof halten, wenn niemand da war, der ihn übernehmen würde? Sollte sie ebenfalls in den verfluchten Wald gehen und nach ihnen suchen? Was würde das bringen, außer dass sie auch noch verschwand. Ihr kam Gerno in den Sinn. Sie wusste, dass er sie mochte und seine Aufmerksamkeit nicht nur gespielt war. Sie würde ihn verletzen, wenn sie nun auch noch ging. Sie horchte in sich hinein und stellte fest, dass ihr Gernos Gefühle nicht egal waren. Ihre Kinder würden nicht zurückkommen, so sehr sie es sich auch wünschte, aber Gerno war da und wartete auf sie. Sie straffte die Schultern und fasste einen Entschluss. Sie würde Gernos Werben annehmen und seine Frau werden, egal was bei der Suche morgen herauskommen würde.

Hilda saß noch lange grübelnd vor ihrem Haus, vergaß die Zeit und das Essen. Sie dachte an die vergangene glückliche Zeit, an die Abende vor dem Feuer, wo ihr Mann den Kindern die Geschichten vom Berg der Finsternis erzählte. Sie dachte an Edmars Streiche und wie sie herzhaft darüber gelacht hatten. Das war eine schöne Zeit gewesen und sie konnte sich glücklich schätzen, dass sie sie erleben durfte. Doch jetzt war sie vorbei. Sie hatte von Adela verlangt, nach vorne zu schauen, nun verlangte sie es von sich selbst. Sie war noch nicht bereit zu sterben. Sie hatte das Gefühl, es ihren Kindern schuldig zu sein, nicht einfach so aufzugeben. Sie hatten sie schließlich auch nicht aufgegeben. Noch war die Hoffnung nicht verloren. Aller Vernunft zum Trotz, war sich tief in ihr etwas sicher, dass Adela und Edmar noch lebten und versuchten, zu ihr zurückzukommen. Vielleicht geschah ja doch noch ein Wunder.

Falsches Irrlicht

Tata, der Gnom, sprang in aller Eile durch den Wald des Bergs der Finsternis. Er gab sich redlich Mühe, dass es aussah, als ob er auf und ab schwebte, denn Irrlichter, wie er versuchte eins darzustellen, um die Schattenalben zu täuschen, schwebten ja, aber heute fehlte ihm die Ruhe dafür. Irgendetwas war anders. Irgendetwas lag in der Luft und es war nicht der übliche Gestank. Es lag eine Spannung in der Luft, als ob der gesamte Wald den Atem anhielt und auf etwas wartete. Es machte ihn unruhig – und nicht nur ihn – auch die Schattenalben waren aktiver als sonst. Er spürte, dass sie ihm folgten, so wie sie es immer taten, aber es waren nicht so viele wie sonst. Irgendetwas oder irgendjemand hatte sie abgelenkt. Er wurde etwas ruhiger und fand seinen normalen Rhythmus wieder. Er lauschte ein wenig in die Dunkelheit. Ja, die Schattenalben waren noch da. Sie waren wirklich dumm. Jeder wusste doch, dass man Irrlichter nicht essen konnte, dennoch folgten sie ihm ständig, auch wenn sie ihm nie zu nahe kamen. Tata schüttelte den Gedanken aus dem Kopf und sein Licht flackerte kurz. Vielleicht waren sie auch einfach nur neugierig, es passierte ja nicht viel in dem verfluchten Wald, ihnen war bestimmt die meiste Zeit langweilig. Außer heute. Was war heute nur anders? Er hatte wie jeden Morgen einen Abstecher an den Rand der Schatten gemacht. Nur ein Stück hinein in den normalen Wald, um etwas zu essen zu suchen. Er war wieder den anderen Gnomen erfolgreich aus dem Weg gegangen. Sie standen immer später auf. Eigentlich waren alle Gnome Spätaufsteher, aber er hatte es sich schnell abgewöhnt. Als er noch neu in sei-

nem Revier war, hatte er lange geschlafen und war dann fast jeden Tag beim Wildern erwischt worden. Er war mehr oder weniger einmal aus Versehen eher losgezogen, weil er wegen der blauen Flecke nicht hatte schlafen können. Zu seiner Freude hatte er festgestellt, dass er in den frühen Morgenstunden seine Ruhe hatte. Seitdem war er eigentlich nur noch erwischt worden, wenn jemand anders Krach gemacht und den Wald aufgeweckt hatte. So wie vor knapp drei Wochen. Tata war immer noch böse darüber, er war auch seitdem nicht mehr bei der Bauernfamilie gewesen, die den Krach veranstaltet hatte. In diesen Gedanken versunken, schwebte Tata weiter durch den verfluchten Wald. Sein Licht fiel auf den morastigen Boden, aber er hatte keinen Blick für die fahlen Würmer, die sich hastig in den Boden gruben, um dem Licht zu entgehen. Sie schmeckten nicht, also interessierten sie ihn auch nicht. Auch wenn er sich den verfluchten Wald als Revier ausgesucht hatte, hasste er ihn mit seiner Dunkelheit und dem Gestank. Oft stolperte er über die Überreste, welche die Schattenalben von den verirrten Seelen übergelassen hatten. Dreckige Schweine waren sie allesamt! Sie mussten überall ihren Schmutz liegen lassen, als ob der Wald nicht schon schmutzig genug war. Überall dieser schleimige, stinkende Schimmel. Nur in seiner Oase konnte er es aushalten. Dort war es hell und die Luft war frisch. Und dort wollte er so schnell wie möglich hin. Seine Tasche war voll mit Beeren und Wurzeln und einigen fetten Insekten. Vielleicht würde er ja morgen mal einen freien Tag machen und sich ausruhen. Wenn nicht wieder jemand störte.
Grummelnd schwebte Tata weiter auf und ab und stoppte dann abrupt.

Er hörte schon wieder Stimmen! Er drehte sich einmal um sich selbst, um die Richtung zu bestimmen, aus der die Stimmen kamen. Was war denn heute bloß los? Es schien, als ob der verfluchte Wald plötzlich ein beliebtes Ausflugsziel geworden war. In der Frühe, kurz nach Ende der Dämmerung hatte er ein Kind nach jemandem, wahrscheinlich seinem Spielkameraden, rufen hören. Wie töricht. Hatte man den Kindern denn nicht gesagt, dass man im Wald des Bergs der Finsternis besser kein Verstecken spielt? Was wohl aus dem Kind geworden war und aus dem anderen Kind, das gesucht wurde? Tata rieb sich nachdenklich die Nase, als er über diese Frage nachdachte und vergaß, warum er stehengeblieben war. Bis die Stimmen erneut erklangen. Eine Frau und ein Mann riefen einander. Tata schüttelte den Kopf. Die Schatten waren doch kein Ort für ein Stelldichein. Aber seine Neugier war geweckt. Er wollte sich die beiden näher anschauen. Es mussten schon merkwürdige Menschen sein, wenn sie sich im Wald des Bergs der Finsternis trafen. Der normale Wald hätte es doch auch getan. Soviel war nun auch nicht im Wald los, dass man keine ruhige Stelle gefunden hätte. Sehr merkwürdig. Er schlich sich in Richtung der Stimmen, die einander immer näher kamen. Die Neugier brachte ihn fast um. Es war ja so aufregend! Lebendige Menschen im verfluchten Wald. Er kannte die meisten Menschen nur in bereits abgenagter Form als einen Haufen Knochen. Nur seine Bauernfamilie, auf deren Feldern er sich so gern bediente, und es auch bald wieder tun würde, Krach hin oder her, kannte er. Gnome mieden eigentlich die Menschen, aber er fand sie interessant, doch seine Mutter hatte ihm nur wenig Möglichkeit gelassen, sie zu beobachten. Wie die zwei wohl aussehen würden? Er blieb immer wieder stehen, um zu lauschen und plötzlich hörte er etwas, das ihm gar nicht gefiel.

Wiedergefunden

Beinahe hätte Adela in ihrer Hast den leisen Ruf nach ihr überhört. Sie blieb stehen.

„Edmar?", rief sie und lauschte.

„Ela, bist du das wirklich?", hörte sie leise links von sich. Es war definitiv keine Kinderstimme, aber wer außer Edmar sollte sie an der Stimme erkennen?

„Edi!", schrie sie und ging in die Richtung, aus welcher die Stimme gekommen war.

„Ela! Ich bin hier!", hörte sie, während sie sich durch das Unterholz kämpfte. Der Wald schien mit allen Kräften verhindern zu wollen, dass sie zu der Person gelang, die da nach ihr rief.

„Edi! Wo bist du?", rief sie immer wieder, obwohl sie sich zunehmend fragte, ob das nicht ein Trick war, um sie in die Irre zu führen und sie so tiefer in den Wald hinein zu locken, sodass sie auf gar keinen Fall mehr hinausfand.

„Hier bin ich, Ela, hier!" Die Stimme war nun ganz nah und Adela konnte das Knacken von kleinen Zweigen hören, als ob sich jemand, genau wie sie, durch das dichte Gestrüpp kämpfte.

Schwer atmend kämpfte sie sich weiter voran und schließlich sah sie einen jungen Mann vor sich, der ihr aufgeregt zuwinkte.

„Ela!"

Der junge Mann trug Edmars Kleidung, doch war sie ihm viel zu klein. Adela blieb stehen und starrte den jungen Mann misstrauisch an. Das fahle, unwirkliche Licht der Baumpilze hielt sein Gesicht mehr in Schatten, als dass es seine Züge erhellte. Woher sollte sie wissen, dass

es nicht ein Trugbild war? Der junge Mann war fast bei ihr angelangt, sie konnte seinen keuchenden Atem schon spüren und wollte sich im letzten Augenblick schon abwenden, um zu flüchten, doch dann erkannte sie Ähnlichkeiten mit ihrem kleinen Bruder.
Mit einem letzten Schritt war Edmar bei ihr, nahm sie fest in den Arm und vergrub sein Gesicht an ihrem Hals.
„Ich habe gedacht, ich muss hier sterben, doch du hast mich gefunden", schluchzte er wie ein kleines Kind. „Tut mir leid, dass ich nicht auf dich gehört habe, aber du warst so traurig und ich dachte, wenn ich Hanno wieder zu dir zurückbringe ..." Ein weiteres Schluchzen schüttelte ihn und für Adela war jeder Zweifel verflogen. Das war ihr kleiner Bruder. Doch was war mit ihm geschehen? Sanft schob sie ihn ein wenig von sich weg und nahm sein Gesicht in ihre Hände.
„Edi, was ist mit dir geschehen?"
Edmar schniefte und schaute dann an sich hinunter.
„Weiß nicht. Ich bin in Panik geraten, als der Weg plötzlich weg war. Ich konnte nicht mehr klar denken und dann waren da die Monster. Sie waren überall und dann sind meine Kleider auf einmal zu klein gewesen. Der Wald muss wirklich verflucht sein. Man wird ganz schnell älter." Edmar sah Adela ernst an. „Du auch, du hast schon ein paar Falten mehr im Gesicht." Er brachte ein müdes Lächeln zustande.
Adela kaute nachdenklich auf ihrer Unterlippe und sah sich um. Sie hatte keine Ahnung, wo sie waren. Egal in welche Richtung sie schaute, alles sah gleich aus. In dem Dämmerlicht spielten ihre Augen ihr Streiche, denn sie glaubte immer wieder eine Bewegung zu sehen, aber was sollten an diesem verfluchten Ort leben können? Edmar

hatte von Monstern gesprochen, aber sie hatte nichts gesehen oder gehört. Aber das war jetzt nicht ihr größtes Problem, denn ohne Sonnenlicht, das ihnen die Himmelsrichtung vorgab, würden sie keine Möglichkeit haben, aus diesem Wald hinauszufinden. Sie waren gefangen. Ratlos sahen sie sich an. Es war ein kleiner Trost, dass sie, was auch immer passieren würde, nicht allein sein würden. Doch Adela wollte nicht aufgeben. Noch waren sie nicht tot und noch würde Mutter sie nicht vermissen. Sie wollte die Hoffnung einfach noch nicht aufgeben. Sie schaute sich genau um, versuchte etwas in dem fahlen Schein der Baumpilze zu erkennen und wie schon Edmar zuvor kam ihr der Gedanke, dass sie ihre eigenen Spuren zurückverfolgen könnten und so vielleicht den Weg aus dem Wald finden könnten. Sie zupfte Edmar aufgeregt an am Ärmel, um seine Aufmerksamkeit zu erregen, aber Edmar starrte angespannt in eine andere Richtung.

„Was ist denn das?", fragte er und zeigte auf ein flackerndes, blassblaues Licht zwischen den kahlen Bäumen.

Reine Seelen

Sie sah wie der Junge sich mühsam hochrappelte. Sein ihm ungewohnter, zu großer Köper war ihm dabei im Weg. **Sie** rief **ihre** Beobachter ein Stück zurück, worauf diese knurrend mit den Schatten verschmolzen. Sie sollten den Jungen in Ruhe lassen und ihn nicht mit ihrer spürbaren Anwesenheit wieder in Panik versetzen. Sie sollten ihn nur beobachten.
Mit wachsender Spannung sah **sie** eine Frau auf den Jungen zulaufen. Sie schienen sich zu kennen. Das war erstaunlich, denn wer einmal in den Wald des Bergs der Finsternis geriet, war unauffindbar verloren. Dafür sorgte der Fluch, der auf dem Wald lag. Und doch war es der Frau gelungen, diesen Jungen in den Schatten zu finden. Die zwei musste etwas ganz Besonderes verbinden. Vielleicht hatte ein Schicksalsschlag sie besonders fest zusammengeschweißt. Vor Aufregung spürte **sie ihr** Herz heftig klopfen, als **sie** durch die vielen Augen und Ohren **ihrer** Beobachter miterlebte, wie sich Edmar und Adela wiederfanden. Schwester und Bruder. Ihre Liebe zueinander hatte sie wieder zusammengeführt. Konnten die beiden zusammen vielleicht die Richtigen sein? Wenn sie in der Lage waren, einander zu finden, konnten sie dann auch zu **ihrer** verhassten Schwester gelangen? Der Fluch schien weniger stark auf sie zu wirken, denn sie schafften es, klare Gedanken zu fassen und nicht vor Angst den Verstand zu verlieren. Dennoch würden sie sich beeilen müssen, um nicht an Altersschwäche zu sterben.
Doch wie sollte **sie** die Geschwister zum Haus **ihrer** Schwester lotsen?

Noch vor Edmar fiel **ihr** der blassblaue Schein des Gnoms auf, mit dem er sich umgab.
Sie lächelte in sich hinein. Über die Einfältigkeit des Gnoms hatte **sie** sich schon oft amüsiert. Und auf seine Neugier war immer Verlass.

Tata wird entdeckt

Als Tata Edmar fragen hörte:
„Was ist denn das?", erschrak er fürchterlich und vor Aufregung begann das Licht, das ihn umgab, zu flackern.
„Sieht irgendwie wie ein Irrlicht aus", meinte Adela verwundert.
„Ja, wie ein verirrtes Irrlicht mit Schluckauf!", berichtigte Edmar sie und machte einen Schritt auf das Licht zu.
Tata erschrak noch mehr, machte einen Schritt zurück, stolperte über eine aus dem Boden ragende Wurzel und fiel rücklings hin. Sein Licht ging flackernd aus und während er sich noch fluchend aufrappelte und versuchte, sich den Dreck aus dem Pelz zu klopfen, war Edmar bei ihm und schaute überrascht auf ihn herab.
„Ela, es ist ein Gnom!", rief er über die Schulter und winkte Adela, zu ihm zu kommen.
Tata schaute sich nur verängstigt um.
„Schschsch! Du Dummkopf, sie können dich doch hören!", flüsterte er leise und zog Edmar protestierend an der Hose. Dann fiel ihm ein, dass er eigentlich hatte davonlaufen wollen, denn es war keine gute Idee, in der Nähe vom Futter der Schattenalben zu sein. Er machte einen Schritt rückwärts und wollte sich schon umdrehen, als er auch Adela auf sich zukommen sah. Er vergaß erneut, dass er davonlaufen wollte, denn die junge Frau kannte er ja. Auch wenn sie jetzt schon älter war, war sie doch die junge Frau vom Bauernhof. Er starrte Edmar von unten an und kam zu dem Schluss, dass das dann wohl der Junge sein musste. Ach, es war ja so spannend, wie die zwei sich gefunden hatten.

Mittlerweile hatte Adela Edmar erreicht und schaute nun genauso erstaunt auf den kleinen Gnom hinab, der ebenso erstaunt zurückschaute. Da fiel Tata wieder ein, dass er ja immer noch davonlaufen wollte. Aber in dem Moment, als er sich umdrehte und zum Sprung ansetzte, erwischte Edmar ihn an einem Bein.
Kopfüber hing er an Edmars Hand und bettelte:
„Runterlassen, lass Tata runter. Tata sagt auch nicht, dass ihr hier seid, Tata will nur nach Hause."
Tränen der Verzweiflung begannen aus seinen großen Augen zu quellen und liefen ihm in die Ohren.
„Edi!", sagte Adela vorwurfsvoll, nahm den Gnom aus Edmars Hand und setzte ihn vorsichtig auf den Boden, jedoch ohne ihn loszulassen.
„Versprichst du, hierzubleiben? Wir tun dir nichts, wir wollen nur ein wenig mit dir reden."
Tata sah das Lächeln in Adelas Gesicht, schielte dann misstrauisch zu Edmar hoch, ließ die Ohren hängen und nickte.
„Tata verspricht es", krächzte er und wischte sich die Tränen ab. Ängstlich schaute er sich um. Er konnte die Schattenalben spüren, auch wenn sie die Augen geschlossen hatten. Sie lauerten in der Dunkelheit. Und er war immer noch bei ihrem Futter.
„Kannst du uns helfen, aus dem Wald zu kommen? Kennst du einen Weg?", fragte Adela. Tata sah sich nervös um.
„Die Schattenalben sind überall, sie lassen euch nicht entkommen!", flüsterte er und ließ sein Licht wieder aufflackern.
„Was soll das?", fragte Edmar den leuchtenden Gnom.

„Ist Tarnung, was denn sonst!", fauchte Tata, verwundert über so viel Dummheit. „Die Schattenalben haben kein Interesse an Irrlichtern!", schob er noch als Erklärung hinterher, schielte wieder nervös in die Schatten und setzte sich dann auf die Wurzel, über die er vorher gestolpert war.

„Vielleicht wissen die Schattenalben aber auch, dass Irrlichter nur im Moor vorkommen und haben keinen Appetit auf Gnome!", zischte Edmar zurück.

Tata starrte ihn an.

„Nur im Moor?"

„Ja, im Moor, nicht im Wald!"

Tata schlug sich vor den Kopf und murmelte:

„Und Tata hat sich immer gewundert, warum sie trotzdem da waren, obwohl Tata ein Irrlicht ist."

„Vielleicht hat sie auch das Licht angezogen, es ist sehr auffällig in der Dunkelheit!", wies Adela ihn auf das Offensichtliche hin. Tata sah sie entsetzt an und sofort erlosch das Licht und ließ sie im Dunkeln zurück.

„Na toll!", meckerte Edmar.

„Schschsch!"

Einen Moment herrschte Stille und dann hörten sie den keuchenden Atem der Schattenalben, der näher kam und sie einzuschließen drohte. Nach und nach öffnete sich ein gelbes Augenpaar nach dem anderen. Adela spürte, wie die Angst wieder in ihr hochkroch. Es lebte tatsächlich etwas in diesem verfluchten Wald.

„Tata, kannst du nicht wieder Licht machen?", fragte Edmar mit zunehmend dünner werdender Stimme.

„Aber dann können sie uns doch sehen!", kam Tatas Stimme von irgendwo vor ihnen.

„Ich glaube, sie können uns auch im Dunkeln sehen!", mischte sich Adela ein.

„Meinst du?", Tata klang nicht überzeugt.

„Ganz bestimmt! Aber ich sehe kein bisschen!" In Edmars Stimme schwang eindeutig Angst mit.

„Na gut."

Vor ihnen leuchtete Tata wieder auf, wenn auch etwas gedämpfter als vorher. Er saß immer noch auf der Wurzel, auf der er sich zuvor niedergelassen hatte. Das Keuchen wurde leiser, bis es kaum zu hören war und die Augen schlossen sich. Edmar atmete auf.

„Vielleicht war die Idee, Licht zu machen, doch nicht so schlecht", meinte Edmar und schaute sich um. Er konnte spüren, dass die Schattenalben noch da waren, aber sie warteten ab, als ob sie dem Licht auswichen. „Diese Kreaturen scheinen Licht nicht zu mögen." Edmar kam ein Gedanke. „Du kennst den Weg aus den Schatten, oder, Tata? Im verfluchten Wald gibt es nichts zu essen für dich, du musst es außerhalb der Schatten suchen, oder? Du kannst uns nach Hause bringen, nicht wahr?", fragte er und hockte sich hin, um mit dem Gnom auf Augenhöhe zu sein.

Der zog einen Flunsch, kratzte sich am Ohr und schüttelte dann den Kopf.

„Nein, Tata hat Hunger, muss erst was essen. Später vielleicht."

Adela kauerte sich nun auch hin.

„Bitte Tata, später ist es für uns zu spät!"

Tata seufzte.

„Ja, der Fluch. Menschen werden ganz schnell alt, sterben schnell und wenn sie schon eine Weile liegen, kommen die Schattenalben und fressen sie. Sie mögen stinkendes Fleisch und die dreckigen Reste lassen sie überall liegen." Tata schaute in die entsetzten Gesichter von Adela und Edmar. „Ihr seht auch schon ganz schön alt aus!", meinte er taktlos und wandte sich zum Gehen. Edmar hielt ihn zurück. „Lass mich!" giftete der Gnom.

„Bitte Tata, so herzlos kannst du doch nicht sein. So weit kann der Weg nicht sein!", flehte Adela.

Der Gnom hörte auf, sich zu wehren und starrte Adela an.

„Was bekommt Tata dafür?", fragte er.

„Äh, was willst du denn haben?", fragte Adela überrumpelt.

„Essen!", kam es wie aus der Pistole geschossen. „Tata bekommt immer Haue, wenn andere Gnome ihn erwischen, wenn er etwas aus ihrem Revier mitnimmt", fügte er hinzu. Adela schaute ihn nur erstaunt an und öffnete den Mund, um eine Frage zu stellen, aber Edmar war schneller.

„Abgemacht und zwar von jetzt an für jeden Tag!", sagte Edmar, spuckte in die Hand und hielt sie Tata hin. Der beäugte die vollgespuckte Hand voller Ekel und schüttelte dann einen von Edmars noch sauberen Fingern.

„Warum habt ihr das nicht gleich gesagt!", meinte er dann vorwurfsvoll, winkte ihnen und setzte sich in Bewegung.

In Tatas hellem Schein stolperten Adela und Edmar dem kleinen Gnom hinterher. Sie spürten, dass die Schattenalben ihnen folgten, auch wenn sie auf Abstand blieben. Dennoch saßen sie ihnen die ganze Zeit im Nacken und verursachten ihnen Gänsehaut. Nach einer Weile blieb

Tata plötzlich stehen, sah sich um und kratzte sich verblüfft am Kopf.

„Was ist los Tata?", fragte Edmar keuchend und hielt sich die Seite.

„Wir waren eben schon hier!", sagte Tata bestimmt.

Adela schaute sich um, ihr kam nichts bekannt vor.

„Bist du sicher?", fragte sie.

„Ja, los, wir versuchen es noch mal!" Tata lief wieder los, bahnte sich geschickt den Weg durch das niedrige Gestrüpp, während die beiden Menschen ihm stolpernd folgten. Er fühlte sich nicht wohl, obwohl er die beiden mochte. Er fand immer den Weg, aber jetzt war es irgendwie, als ob er den Weg nicht finden sollte. Und immer diese fürchterlichen Schattenalben, die überall lauerten. Nicht, dass ihnen nun doch der Gedanke kam, dass auch er Futter war.

Da! Schon wieder im Kreis gelaufen. Tata stoppte und befingerte einen blätterlosen Busch, der mittlerweile arg gelitten hatte, nachdem sie zweimal hindurchgelaufen waren.

„Tata!", ächzte Edmar. „Was ist denn jetzt schon wieder?"

Tata schaute ihn böse von schräg unten an.

„Da! Busch ist völlig zertrampelt. Das sind wir gewesen!"

Adela und Edmar ließen sich erschöpft auf die Knie fallen und schauten genau hin.

„Verdammt, was machen wir denn jetzt?", fragte Edmar verzweifelt in die Dunkelheit. Als Antwort hörten sie die Schattenalben atmen.

Kein Entkommen

Mit wachsender Unruhe sah und hörte **sie** der Unterhaltung zwischen dem Gnom und den Menschen zu. Sie lief in eine Richtung, die **ihr** gar nicht gefiel. Die Menschen durften den Wald nicht verlassen, **sie** brauchte sie noch. Auch die Schattenalben wurden zunehmend unruhiger. Futter laufen zu lassen, widerstrebte ihnen und jetzt war es auch noch so reichlich vorhanden, aber noch gehorchten sie **ihr**. Der Gnom und die Menschen setzten sich in Bewegung und **sie** musste all **ihre** Macht aufbringen, um den Gnom so zu verwirren, dass er im Kreis lief. Er war ein machtvolles, magisches Geschöpf, auch wenn er sich dessen nicht bewusst war. Das bewies die Tatsache, dass der Fluch ihm nichts anhaben konnte. Er schien sich auch nie Gedanken darüber zu machen, warum das so war. **Sie** hatte ihn sonst nie groß beachtet, hatte sich nur gewundert, warum er sich ausgerechnet im Wald des Bergs der Finsternis niedergelassen hatte. Außer den Schattenalben sollte sich in dem verfluchten Wald nichts wohlfühlen. Aber wer wusste schon, was in dem Kopf eines Gnomes so vor sich ging. Er hatte **sie** nie gestört. Er hatte **sie** eher amüsiert und ein wenig Abwechslung und die eintönige Dunkelheit gebracht. Er hatte mitten im verfluchten Wald einen kleinen Flecken von dem Fluch befreit. **Sie** konnte den Bereich nicht betreten und **sie** wusste auch nicht, wie er es angestellt hatte. Aber es störte **sie** nicht, solange er keine Bedrohung darstellte. **Sie** sah zu, wie die Menschen zweimal im Kreis irrten und schließlich von ihrem Vorhaben, die Schatten zu verlassen, abließen. **Sie** war zufrieden, auch wenn es **sie** einiges an Kraft gekostet hatte. Aber wie nur sollte **sie** die zwei zum Haus **ihrer** verdammten Schwester locken? Natürlich wollten sie den verfluchten Wald verlassen, niemand wollte hier freiwillig bleiben. Es würde auch nicht ausreichen, die zwei zu **ihrer** Schwester zu führen, sie sollten sie ja auch für **sie** beseitigen und **sie** so ein für alle Mal von ihr befreien. Die Zeit drängte, denn die zwei wurden zusehends älter und würden bald keine Kraft mehr haben, irgendwohin zu gehen. Wut stieg in **ihr** hoch. **Sie** war so nahe dran. So eine Möglichkeit würde sich vielleicht nie wieder bieten und nun drohte es doch an dem Fluch zu scheitern. **Sie** beobachtete die drei noch eine Zeit lang und **ihr** kam ein Gedanke. Vielleicht konnte der Gnom noch von Nutzen sein.

Tatas Oase

Erschöpft hockten Edmar und Adela zwischen den von ihnen zertretenen Büschen. In Tatas hellem Schein konnte Adela die ersten grauen Haare in Edmars dunklem Haarschopf erkennen. Ihre Haare sahen bestimmt nicht anders aus. Sie nahm ein paar Strähnen in die Hand und sah die traurige Bestätigung. Dass ihre Eltern schon früh ergraut waren, tröstete sie auch nicht. Diese grauen Haare zeigten, dass etwa die Hälfte ihrer Lebenszeit abgelaufen war. Wenn sie den Wald nicht bald verlassen konnten, würden sie sterben. Sie versuchte gegen die Hoffnungslosigkeit, die in ihr hochkam, anzukämpfen. Sie konnte nicht aufgeben. Sie musste weiterkämpfen. Für Edmar, für ihre Mutter und für sich selbst.

Tata betrachtete die beiden Menschen eine Weile und sah wie sie alterten. Sie taten ihm leid und wenn er ihnen schon nicht helfen konnte, sollten sie doch wenigstens nicht im Dunkeln sterben. Er hatte noch nie jemanden in seine Oase eingeladen, aber irgendwie gefiel ihm der Gedanke, Gäste zu haben.

„Los, aufstehen!", forderte er die beiden auf.

„Tata nimmt euch mit nach Hause, da ist es wenigstens nicht so dunkel!"

Er zupfte so lange an Edmars Hose und an Adelas Rock, bis die beiden sich ächzend erhoben. Edmars Knie knackte laut und Adela drückte stöhnend die Hände in den Rücken.

„Alt werden ist Mist!", stellte Edmar fest, während er sein Knie rieb. Adela schnaufte nur und setzte sich in Bewegung. Sie folgten Tata, so schnell sie konnten, doch immer häufiger musste er auf sie warten. Das Vorwärtskämpfen durch die Büsche war mühsam und raubte Adela und Edmar ihre schwindenden Kräfte. Sie hielten sich aneinander fest, um sich gegenseitig zu stützen, wie ein greises Ehepaar beim Spaziergang. Nicht nur das Alter machte ihnen zu schaffen, auch die Dunkelheit, die schlechte Luft und die Angst ließ sie immer schwächer werden. Sie sehnten sich nach Licht. Und dann war da plötzlich mitten in der Dunkelheit ein schwacher grüner Schimmer. Tata hüpfte immer schneller darauf zu und trieb die beiden zur Eile an. Sie brauchten seine Aufforderung nicht. Das Licht zog sie magnetisch an und je näher sie ihm kamen, desto besser wurde die Luft. Der Schimmel verschwand von den Bäumen und bald sprossen aus den Ästen grüne Blätter. Es war ein Wunder. Am Rande der kleinen Lichtung war Tata stehen geblieben und wartete auf sie.

„Willkommen in Tatas Oase!" sagte er, reichte beiden seine Hände, die sie umfassten und gemeinsam betraten sie die Lichtung. In der Mitte lag ein großer Stein, unter den sich Tata seine Höhle gegraben hatte. Mit offenem Mund starrte Edmar nach oben. Zwischen den Baumwipfeln konnte er blauen Himmel erkennen. Adela hielt ihr Gesicht in die Sonnenstrahlen, die immer noch den Boden erreichten, obwohl die Schatten, welche die Bäume am Rand der Lichtung warfen, sagten, dass es bereits später Nachmittag sein musste. Plötzlich knurrte Edmars Magen laut und auch Adela spürte Hunger, hatten sie den ganzen Tag doch nichts gegessen.

Auch Tata hatte Hunger. Er ließ die beiden auf der Wiese stehen und verschwand in seiner Höhle. Er rumorte eine Weile in seiner Vorratskammer herum, verstaute, was er heute gesammelt hatte und überlegte gerade, was er jetzt essen sollte, als er hörte, dass draußen nach ihm gerufen wurde. Edmar und Adela hatten sich mühsam auf der Wiese niedergelassen, als Tata aus seiner Höhle gekrabbelt kam.

„Da bist du ja. Wir dachten schon, du kommst gar nicht mehr aus deinem Bau." Adela lächelte Tata an und nahm ächzend ihre Tasche von der Schulter. Auch Edmar nahm mit einem erleichterten Seufzer seinen Rucksack ab. Mit zunehmender Begeisterung sah Tata zu, was die beiden Menschen da auspackten. Sowohl Edmar, als auch Adela hatten sich Verpflegung eingepackt und nun kamen Brot, Wurst, Käse und Obst zum Vorschein. Schnüffelnd näherte sich Tata den beiden und beäugte begeistert einen der rotbackigen Äpfel. Edmar betrachtete den kleinen, förmlich sabbernden Gnom schmunzelnd und drückte ihm dann den größten Apfel in die kleinen Hände. Tata jauchzte, ließ den Apfel zu Boden fallen und begann voller Begeisterung und laut schmatzend, daran zu nagen.

Auch Adela und Edmar machten sich an ihr Mahl und betrachteten sich gegenseitig. Beide gingen straff auf die 60 zu. Falten durchzogen ihre Gesichter, die Haare waren mittlerweile komplett ergraut. Jeder sah dem anderen die Schmerzen an, die jede Bewegung in den Gelenken und im Rücken verursachte. Schweigend aßen sie und irgendwann meinte Edmar:

„Na, wenigstens müssen wir nicht in diesem stinkenden Wald sterben."

Tata hörte auf zu schmatzen, rülpste laut und nickte dann betrübt.

„Ja, wenigstens das."

Mehr, um sich ein wenig von der unschönen Realität abzulenken, als aus Neugier, fragte Edmar den kleinen Gnom, der sich eben gerade wieder seinem Apfel zuwenden wollte:

„Wie kommt es eigentlich, dass du einen Namen hast, Tata? Ich dachte, dass Gnome keine Namen haben. Hast du ihn dir selbst gegeben?"

Tata schüttelte den Kopf und warf Edmar einen entrüsteten Blick zu.

„Natürlich haben Gnome Namen, wir sprechen ja auch!" Edmar zuckte entschuldigend mit den Schultern. Tata zupfte sich nachdenklich an der Nase. „Gnome bekommen Namen, wenn sie alt und weise sind, vorher nicht."

Edmar schaute ihn erstaunt an.

„Wieso hast du dann einen, du bist doch noch nicht alt und weise, oder?"

Tata schüttelte nochmals den Kopf und seine Brust schwoll vor Stolz an.

„Nein, Mutter hat Tata seinen Namen gegeben. Sie hat Tata schon immer für etwas Besonderes gehalten. Sie hat immer gesagt: Du bist vollkommen ... tatatata!" Tata kratzte sich nachdenklich am Kopf. „Tata fragt sich immer noch, warum sie Tatas Namen immer zweimal gesagt hat." Er zuckte mit den Schultern und vergrub die Zähne in den Apfel. So entgingen ihm Edmars und Adelas verdutzte Gesichter.

„Du bist vollkommen tatatata?", fragte Edmar ungläubig nach. Tata schluckte den Bissen herunter und nickte.

„So hat sie es immer gesagt!"

Edmar unterdrückte unter großer Anstrengung das Kichern, das aus ihm herausplatzen wollte. Auch Adela konnte ihre Miene nur mit Mühe unter Kontrolle halten. Tata sah sie immer noch ernst an.

„Tata fragt sich wirklich, warum Mutter Tatas Namen immer zweimal gesagt hat. Tata muss darüber nachdenken." Tata steckte sich die Zeigefinger in die Ohren, kniff die Augen zusammen und begann, laut und schief zu summen.

Edmars Gesicht verzog sich zu einem breiten Grinsen. Er beugte sich zu Adela und flüsterte ihr ins Ohr:

„Kein Wunder, dass seine Mutter ihn für komplett plemplem gehalten hat!"

Adela konnte das Kichern nicht mehr zurückhalten.

„Vollkommen tata eben!"

Adela und Edmar brachen in prustendes Gelächter aus.

„Du bist vollkommen tata!", kicherte Edmar und die Tränen liefen ihm dabei die Wangen herunter.

Tata riss die Augen auf und die Finger aus den Ohren.

„Hast du was gesagt?", fragte er Edmar.

Der konnte nur den Kopf schütteln, während er sich wiehernd auf die Schenkel klopfte.

Tata wandte sich beleidigt wieder seinem Apfel zu.

„Wann hat sie das denn immer gesagt, Tata?", fragte Adela mit bemüht ernster Miene. Tata zuckte mit den Schultern, während seine Zähne immer noch im Apfel steckten. Als er abgebissen und geschluckt hatte, meinte er:

„Tata war schon immer ein besonderer Gnom gewesen, wollte immer Dinge machen, die andere Gnome nicht machen."

„Zum Beispiel?", fragte Adela und auch Edmar, der sich ein wenig beruhigt hatte, schaute neugierig auf Tata. Der schaute etwas unbehaglich von einem zum anderen und dachte an seinen Vorschlag, sich doch einfach das Futter von den Feldern zu holen, obwohl Gnome nie in die Nähe von Menschen gehen. Seine Mutter war sehr erbost über den Vorschlag gewesen, denn ihrer Meinung nach waren Menschen gefährlich. Tata hing diesen Gedanken eine Weile nach und vergaß, dass Adela und Edmar auf eine Antwort warteten.

„Was guckt ihr so?", fragte er die beiden, die ihn immer noch erwartungsvoll ansahen und wandte sich wieder seinem Apfel zu. Edmar öffnete verblüfft den Mund, schloss ihn dann wieder, kicherte und machte in Adelas Richtung eine wischende Geste vor seinem Gesicht und zeigte dabei auf den Gnom. Sie nickte nur und grinste. Sie saßen eine Weile schweigend zusammen, genossen das schwindende Licht und sahen Tata, der mittlerweile den halben Apfel verspeist hatte, beim Essen zu. Irgendwann war er so vollgefressen, dass er sich nur noch rücklings ins Gras plumpsen ließ und nach Luft schnappte.

Edmar kam ein Gedanke.

„Tata, du hast vorhin einen Fluch erwähnt. Weißt du mehr darüber?"

Tata schielte zu Edmar rüber und dann zu Adela, die sich interessiert aufrichtete.

„Tata will nicht darüber sprechen. Ist nicht gut, wenn man darüber spricht."

Edmar seufzte und verdrehte die Augen.

„Es könnte aber wichtig sein, Tata. Ich habe noch einen Apfel. Den würde ich dir geben, wenn du uns etwas erzählst."

„Tata ist satt!"

„Die Äpfel halten sich eine Weile, dann hast du für die nächsten Tage noch etwas!", lockte Edmar und hielt den Apfel dem kleinen Gnom vor das Gesicht. Der gab ein undefinierbares Geräusch, eine Mischung aus widerwilligem Knurren und verlangendem Seufzen, von sich, rappelte sich auf, schnappte sich den Apfel und rollte ihn in seine Höhle. Dann kam er schnaufend zurück und trug unter Ächzen und Stöhnen, den halb aufgegessenen Apfel ebenfalls in die Höhle.

Er rumorte noch eine Weile in seinem Bau herum und als Edmar sich gerade hochbemühen wollte, um zu schauen wo er blieb, kam er wieder aus der Höhle gekrabbelt und gesellte sich zu ihnen.

„Na gut, aber nur, weil ihr es seid und ihr dürft nicht weitererzählen, dass Tata davon erzählt hat!" Er sah die beiden erwartungsvoll und mit gerunzelter Stirn an. Adela und Edmar nickten. „Also: Das haben die alten Gnome erzählt, um die jungen Gnome vor dem Wald des Bergs der Finsternis und den Schatten zu warnen. Auf dem Berg wohnt eine böse Hexe, sie ist von anderen Hexen dorthin verbannt worden …"

„Es gibt keine Hexen, Tata. Das sind Märchen", unterbrach Edmar den kleinen Gnom. Der schaute ihn böse an.

„Es gibt wohl Hexen. Menschen achten einfach nur nicht darauf!"

„Aber Tata, Hexen sind Aberglaube, sie ..." Adela brachte Edmar mit einem Stoß in die Seite zum Schweigen.

„Bitte Tata, erzähl weiter. Es gibt eine böse Hexe im Wald ..." Tata sah warf Edmar noch einen bösen Blick zu, erzählte dann aber weiter.

„Weil die böse Hexe es gerne dunkel mag, hat sie die Wolken gerufen, die den Berg einhüllen und ihn für immer dunkel machen. Und weil sie keine Gesellschaft mag, hat sie den Fluch ausgesprochen, damit alle, die den Wald betreten, ganz schnell sterben und sie ihre Ruhe hat. Die Schattenalben sind die einzigen Geschöpfe, die in der Dunkelheit leben."

„Und du!" stellte Edmar fest.
Tata sah ihn entrüstet an.

„Tata ist doch kein stinkender Schattenalb!", giftete er.

„Das meinte ich doch nicht", sagte Edmar beruhigend. „Ich meinte nur, dass du auch im Wald des Bergs der Finsternis wohnst, denn das tust du ja!"
Tata nickte, hob dann aber den Zeigefinger.

„Aber Tata hat Oase gemacht, ist viel schöner als stinkender Wald!"
Edmar nickte zustimmend.

„Wie kommt es, dass der Fluch dir nichts anhaben kann?"
Tata sah an sich hinunter und zuckte dann mit den Schultern.

„Ist halt so", meinte er. Dann sah er die beiden Menschen an.

„Ihr werdet auch wieder jünger!", stellte er fest.

„Wirklich?" Adela fuhr sich durch das Haar.

„Mach mal mehr Licht, Tata!", forderte Edmar den kleinen Gnom auf, denn die Dämmerung hatte bereits eingesetzt. Tata tat ihm den Gefallen und in seinem Schein sahen die beiden, dass das Grau aus den Haaren und die Falten aus den Gesichtern verschwanden.
Edmar kam eine Idee.
„Tata, hier wirkt der Fluch nicht. Und wenn der Fluch nicht wirkt, kehrt sich seine Wirkung um. Wenn wir also den Wald nicht verlassen können, müssen wir die böse Hexe, wenn es sie wirklich gibt, finden und sie dazu bringen, den Fluch aufzuheben."
Tata sah Edmar an, als ob er den Verstand verloren hatte.
„Die Hexe dazu bringen, den Fluch aufzuheben? Sie mag es doch genau so wie es ist!", fragte Tata und schaute Edmar erstaunt an.
„Wir müssen halt sehr überzeugend sein", meinte Edmar, nicht sehr überzeugt. Tata schüttelte nur den Kopf.
„Tata ist müde und geht jetzt schlafen!"
Er machte das Licht aus und im Mondschein sahen sie ihn zu seiner Höhle trippeln.
„Weißt du wo die Hexe wohnt, Tata?", rief Edmar ihm hinterher.
„Vielleicht. Aber Tata darf das gar nicht wissen!", kam die Antwort und Tata verschwand in seiner Höhle.
Adela und Edmar sahen sich an.
„Wir werden an Altersschwäche sterben bevor wir auch nur in ihre Nähe kommen, falls Tata uns überhaupt den Weg zeigt", meinte Adela niedergeschlagen. „Und was dann? Ich schätze mit ‚überzeugend sein' hast du nicht wirklich Worte gemeint, oder?"
Edmar zuckte unsicher mit den Schultern.

„Ich weiß nicht genau, was ich gemeint habe. Ich glaube nicht mal, dass es wirklich eine Hexe gibt, aber wir werden nicht grundlos so schnell älter und ehrlich gesagt, eine andere Erklärung als Zauberei fällt mir dafür nicht ein. Gehen wir also davon aus, dass es diese Hexe wirklich gibt. Sie wird wohl kaum freiwillig den Fluch vom Wald nehmen. Wir haben ihr nichts getan und doch quält sie uns. Und nicht nur uns! Ich will noch nicht sterben und ich bringe sie zur Not auch um, bevor sie uns umbringt. Sie ist böse und es wäre für die ganze Welt besser, wenn sie nicht mehr da wäre!"
Er reckte trotzig den Kopf in die Höhe und sah Adela fest an. „Was haben wir für eine Wahl? Denk an Mutter und was sie sich für Sorgen machen muss. Sie hat vielleicht wirklich geglaubt, dass Hanno einfach so abgehauen ist, aber ich denke nicht, dass sie das auch von uns denkt."
Adela senkte den Kopf und nickte.
„Ich weiß. Es wird sie umbringen, wenn wir nicht zurückkommen." Sie hob den Kopf, straffte die Schultern und nickte erneut. „Es gefällt mir nicht, aber wir müssen es wenigstens versuchen."

Oase ohne Fluch

Sie sah durch die Augen der Schattenalben, wie der Gnom die beiden Menschen in seine Oase führte. Die Schattenalben konnten ihm dorthin nicht folgen und normalerweise mieden sie diesen Ort, weil das Licht in ihren Augen schmerzte. Doch dieses Mal mussten sie bleiben und beobachten. **Sie** lauschte dem Gespräch und **ihre** Hoffnung wuchs. Sie waren von ganz allein auf die Lösung gekommen. Diese beiden waren die Richtigen. Sie hatten den nötigen Mut und waren entschlossen, alles zu tun, um aus dem verfluchten Wald hinauszukommen. Wenn nur der Gnom mitspielte, wenn er sich nur darauf einließ. Ihm würden sie folgen. **Sie** war sich nicht sicher, was er wusste. Konnte es tatsächlich sein, dass er den Weg zur Hütte **ihrer** Schwester kannte? Aber genau genommen spielte das keine Rolle, außerhalb seiner Oase konnte **sie** ihn beeinflussen, sodass er den beiden den rechten Weg wies. Gut, dass **sie** ihn all die Jahre in Ruhe gelassen hatte. Es würde schwer werden und **sie** viel Kraft kosten, aber **sie** würde es schaffen. **Sie** musste es schaffen.

Überraschung am Morgen

Edmar und Adela erwachten erholt und wieder ganz sie selbst. Edmar betrachtete seine ziemlich geschundenen Füße, war er doch gestern den ganzen Tag barfuß gelaufen. Er hatte seine Schuhe auch dort an der Stelle liegen lassen, wo er sie ausgezogen hatte. Er hatte, nachdem Adela ihn gefunden hatte, nicht mehr daran gedacht, sie einzusammeln. Bei dem Gedanken, was seine Mutter dazu sagen würde, bekam er rote Ohren, denn Schuhe waren teuer. Aber wenn sie wieder zu ihr zurückkehrten, und er wollte das mehr als alles andere, würde sie hoffentlich einfach nur froh sein und ihm verzeihen.
Adela hatte ihn beobachtet:
„Was ist?", fragte sie.
Edmar deutete auf seine Füße.
„Ich habe meine Schuhe verloren. Mutter wird böse sein." Er zog ein missmutiges Gesicht. Adela lachte leise und nahm ihn fest in den Arm.
„Ich glaube nicht, dass sie böse sein wird, sie wird sich einfach nur freuen, dass wir wieder da sind."
Edmar nickte und machte sich los.
„Glaubst du, dass wir es schaffen?"
Die Entschlossenheit, die er gestern noch gespürt hatte, war heute Morgen nicht mehr so stark. Gestern war er erwachsen und so stark wie sein Vater gewesen, aber heute war er nur wieder ein kleiner Junge. Adela seufzte.
„Ich weiß es nicht. Ich weiß auch nicht, ob ich, falls wir die Hexe tatsächlich finden, in der Lage sein werde, sie umzubringen. Ich meine, ich habe schon Gewissensbisse, wenn wir im Frühjahr einen Teil der Lämmer schlachten."

„Aber sie ist böse", warf Edmar ein.
„Ich weiß. Vielleicht hilft das." Adela sah Edmar an.
„Du bist heute auch nicht mehr so entschlossen, oder?"
Edmar zuckte mit den Schultern.
„Gestern war ich erwachsen."
Adela schnaubte belustigt.
„Du hattest einen erwachsenen Körper, aber ansonsten warst du mein kleiner Bruder."
Edmar schüttelte den Kopf.
„Nein, irgendwie habe ich mich auch anders gefühlt. Auf jeden Fall stärker."
Adela nickte nachdenklich.
„Hm. Du hast mich, ehrlich gesagt, mit deinem Vorschlag auch ganz schön erschreckt. Ich hätte nie gedacht, dass du eine so dunkle Seite hast."
Edmar grinste.
„Das mag daran gelegen haben, dass ich den größten Teil meines Erwachsenenlebens in Dunkelheit verbracht habe, da konnte sie sich gut ausbilden."
Adela sah ihn ernst an, merkte dann, dass er sich mühsam ein Lachen verkniff und schüttelte dann nur den Kopf.
„Nun, sobald wir Tatas Oase verlassen, wirst du auch wieder erwachsen werden."
Edmar wurde ernst.
„Und dann wird hoffentlich auch die Entschlossenheit zurückkehren."
Adela nickte und strich ihm dann über die Haare.
„Du bist jetzt schon erwachsen, mein Kleiner!", sagte sie traurig. „Es ist einfach zu viel passiert."
In diesem Moment kam Tata aus seiner Höhle, in der Hand einige Weizenähren und einen abgenagten Rest

einer Mohrrübe. Er setzte sich zu ihnen, gemeinsam aßen sie ihr Frühstück und genossen die ersten Sonnenstrahlen, die durch die Baumwipfel am Rand der Oase auf die Lichtung drangen. Edmar und Adela machten Inspektion. Für eine weitere Mahlzeit hatten sie noch genug, über alles danach konnten sie sich Gedanken machen, wenn es soweit war. Ungeduldig warteten sie auf Tata, der noch an der Mohrrübe nagte. Als er fertig war, rülpste er zufrieden und legte sich hin.

„Was soll das, Tata?", fragte Edmar verwundert.
Ohne die Augen zu öffnen, antwortete Tata:
„Tata hat heute frei. Die Vorratskammer ist voll mit Apfel."
„Wir wollten heute zur Hütte der Hexe. Du wolltest uns hinbringen! Schon vergessen?"
Tata zuckte zusammen und richtete sich auf.
„Wollte Tata das? Tata muss krank gewesen sein. Tata kann da nicht hin."
„Tata, das ist unsere einzige Hoffnung. Du musst uns nur den Weg zeigen, du musst nicht bis zum Schluss mitgehen."
Tata schüttelte den Kopf.
„Und wenn Tata nur wieder im Kreis geht, wie gestern?"
„Dann haben wir es wenigstens versucht. Bitte, Tata!"
Adela hatte Tränen in den Augen und auch Tata schossen sie in die Augen, als er sie ansah. Er ließ die Ohren hängen.
„Na gut, das kostet aber etwas!"
Er sah Edmar erwartungsvoll an. Der wühlte noch einmal in seinem Rucksack und zog schließlich noch einen Apfel heraus. Er seufzte und hielt ihn dann Tata hin.

„Das ist mein letzter!"

Tata strahlte, schnappte sich den Apfel und rollte ihn geschwind in seine Höhle.

Als er wieder hinauskam, setzte er sich zu ihnen und legte sich nach einem Augenblick wieder hin.

„Tata?"

„Mh?"

„Wir müssen los!"

„Wohin?"

„Zur Hexe!"

Tata zuckte erschrocken zusammen.

„Warum müssen wir denn zur Hexe? Tata geht da nicht hin!"

Edmar knurrte verärgert.

„Ich habe dir gerade meinen letzten Apfel dafür gegeben, dass du uns zur Hütte der Hexe bringst. Jetzt!"

Tata wurde blass und stammelte etwas Unverständliches. Schließlich zog er ein mürrisches Gesicht.

„Na gut, aber Tata kommt nicht bis zum Schluss mit. Nur soweit, bis man die Hütte sieht.

„Das reicht vollkommen aus!"

Edmar stand auf und Adela tat es ihm gleich. Der Gnom döste wieder in der Sonne und tat so, als ob er das nicht sah.

„Tata!"

Tata rappelte sich auf.

„Ist ja gut!", schimpfte er leise. „Ist sehr hartnäckig, der Mensch. Geht Tata auf die Nerven."

„Ich kann dich hören, Tata!", sagte Edmar und Tata zuckte nur mit den Schultern.

Zögernd traten sie aus dem Licht der Oase in die Dunkelheit des Waldes. Edmar stellten sich sofort die Nackenhaare auf. Er sah sie nicht, aber er spürte die Nähe der Schattenalben.

Hildas Verzweiflung

Gerno glaubte sich verhört zu haben, als es im Morgengrauen heftig an die Haustür klopfte. Er grunzte laut, drehte sich um und zog die Decke über den Kopf. Es klopfte wieder heftig an die Tür und er hörte eine Stimme seinen Namen rufen. Es durchfuhr ihn wie ein Blitz. Das war Hilda! Was machte sie um diese Zeit hier? Was machte sie überhaupt hier? Es musste was Schreckliches geschehen sein. Er sprang aus dem Bett und lief barfuß zur Tür. Hildas Klopfen und Rufen hatte auch die anderen Bewohner aufgeweckt und sein ältester Sohn kam verschlafen die Treppe runter.

„Was ist denn los?"

„Das werden wir gleich herausfinden", sagte Gerno und öffnete die Tür.

Weinend warf sich Hilda in seine Arme und aus dem verzweifeltem Gestammel konnte Gerno nur mühsam erkennen, dass Adela und Edmar nicht mehr da waren. Er führte Hilda in die Küche und setzte sie auf einen Stuhl am Tisch. Während seine Schwiegertochter, die ebenfalls aufgestanden war, Wasser für einen Tee aufsetzte, setzte ich Gerno neben Hilda und wartete darauf, dass sie sich beruhigte. Nach einer Tasse Tee ging es Hilda besser und sie konnte erzählen was passiert war.

„Adela und Edmar sind gestern vom Holzsuchen nicht nach Hause gekommen. Edmar war schon vor dem Frühstück verschwunden und Adela hatte Angst gehabt, dass er in den verfluchten Wald gegangen war, um nach Hanno zu suchen." Hilda seufzte. „Die beiden haben nie geglaubt, dass Hanno einfach weggegangen ist. Sie konnten sich einfach nicht damit abfinden." Sie sah Gerno aus roten, verquollenen Augen an, als wollte sie von ihm eine Bestätigung haben, dass die beiden Unrecht hatten. Gerno nickte langsam.

„Adela hat Hanno wirklich geliebt, das war nicht zu übersehen und auch Edmar hat ihn sehr gemocht, das spürte man. Es ist nur natürlich, dass die beiden nicht wahrhaben wollten, dass sich der Bursche einfach aus dem Staub gemacht hat." Gerno sah Hilda etwas unbehaglich an. Er versuchte, an das zu glauben, was er eben gesagt hatte, aber wie auch bei Hilda blieb da ein kleiner Zweifel, ob Adela und Edmar nicht doch Recht hatten. Und wenn, er würde nie in den verfluchten Wald gehen, um nach jemanden zu suchen. Es brachte nichts, wenn man auch noch verschwand. Das hatte sich in der Vergangenheit immer wieder bewahrheitet. Hilda nickte zweifelnd und fuhr dann fort.

„Ich habe erst gedacht, dass Edmar sich einfach zurückgezogen hatte. Manchmal versteckt er sich, wenn er eine Weile allein sein möchte. Adela ist dann Holz sammeln gegangen und gegen Mittag ist mir aufgefallen, dass sie immer noch nicht zurückgekommen sind. Ich bin davon ausgegangen, dass sie Edmar erst gesucht hat. Sie kennt seine Verstecke. Und dass sie ihn dann mit in den Wald genommen hat. Aber am Abend war mir klar, dass sie nicht mehr kommen. Sie haben sich bestimmt nicht verlaufen. Vielleicht ist beiden etwas zugestoßen, dass sie keine Hilfe holen können." Hilda sah Gerno flehend an und sein Herz wurde weich. Nachdem was Hilda erzählt hatte, glaubte er nicht, dass sie die beiden finden würden. Adela kannte sich zu gut aus, um sich zu verlaufen und dass beiden gleichzeitig etwas zugestoßen war, hielt er für unwahrscheinlich. Edmar war auf die Suche nach

Hanno gegangen und Adela auf die Suche nach Edmar. Wie verzweifelt sie gewesen sein mussten. Sein Gewissen meldete sich, schließlich hatte er Hilda davon überzeugt, dass Hanno einfach gegangen war und sein Knecht, den er zur Aushilfe zu Hilda geschickt hatte, hatte ihm erzählt, dass Hilda das auch immer wieder Adela gesagt hatte, wenn das Thema aufkam und dass Adela sehr traurig war. Vielleicht wäre es nicht so weit gekommen, wenn Hilda und er sich anders verhalten hätten. Und so wie Hilda aussah, war ihr dieser Gedanke mit Sicherheit auch schon gekommen. Aber nun war es zu spät. Um Hildas Willen würde er noch einmal eine Suche organisieren.

Birga

Sie waren schon ein gutes Stück weit gekommen, als sie plötzlich einen leisen Ruf vernahmen.

„Hilfe, ist da jemand?"

Edmar und Adela sahen sich in Tatas Schein erstaunt an.

„Mach mal ein bisschen mehr Licht!", forderte Edmar den Gnom auf.

„Erst soll Tata gar kein Licht machen, dann ein bisschen, dann wieder viel Licht. Mensch weiß nicht, was er will!", meckerte Tata vor sich hin, kam aber Edmars Forderung nach.

„Wir sind hier!", rief Edmar in die Dunkelheit.

„Schsch! Schattenalben hören das!" Tata zog an Edmars Hosenbein.

„Die hören uns auch so, Tata. Sie sind doch immer da!"

Tata setzte sich beleidigt hin und brummelte vor sich hin, während Edmar und Adela in die Dunkelheit lauschten.

Vor ihnen knackte es immer lauter. Tatas Augen wurden immer größer und sein Leuchten ließ nach. Das Knacken hörte auf.

„Wo seid ihr?", fragte die verängstigte Frauenstimme, jetzt schon deutlich näher.

„Tata!"

Tata sah Edmar nur fragend an.

„Mehr Licht, sonst findet sie uns nicht!"

„Sie soll uns finden?"

„Tata, bitte!", auch Adela war ungeduldig. Tata schnaufte widerwillig, leuchtete aber wieder heller.

„Du musst auf das Licht zugehen!", rief Edmar in die Dunkelheit.
Und nach kurzer Zeit tauchte in Tatas Schein eine junge Frau auf. Sie hatte Tränenspuren in ihrem schmutzigen Gesicht und war wie Edmar barfuß.
Als sie bei Adela und Edmar ankam, fiel sie erschöpft auf die Knie.
 „Ich dachte, ich bin ganz alleine", sagte sie mit zittriger Stimme.
 „Was passiert hier nur? Ich war auf der Suche nach Beeren für Mamas Geburtstagskuchen und plötzlich war alles dunkel und dann diese Stimmen." Sie schauderte. „Und dann sind mir meine Schuhe zu klein geworden."
Sie fing an zu weinen und Adela hockte sich zu ihr und legte ihr die Hand auf die bebende Schulter.
 „Jetzt bist du nicht mehr allein", sagte sie tröstend und die junge Frau hörte schniefend auf zu weinen und nickte. Ihr Blick fiel auf Edmars Füße.
 „Dir sind die Schuhe auch zu klein geworden", stellte sie fest und Edmar nickte. Edmar war in der Stunde, die sie schon im Wald des Bergs der Finsternis unterwegs waren wieder gewachsen und seine Kleider waren ihm erneut zu klein. Seine Stimme war noch die eines Jugendlichen, aber bald würde sie wieder die eines Mannes sein.
 „Es liegt ein Fluch auf dem Wald. Jeder Mensch, der sich hineinverirrt, wird rasend schnell älter und stirbt in kurzer Zeit."
 „Und wird dann von den Schattenalben gefressen!", meldete sich Tata zu Wort.
Die junge Frau holte erschrocken Luft und die Tränen begannen sofort wieder zu laufen.
 „Tata!"

„Was denn? Stimmt doch!"

Tata zuckte nur mit den Schultern.

„Was sind Schattenalben? Das sind die Monster mit den gelben Augen, habe ich Recht? Man sieht sie nicht immer, weiß aber, dass sie immer da sind!" Die Stimme der jungen Frau bebte und sie zitterte am ganzen Leib. Edmar beugte sich zu ihr hinunter.

„Wir sind Adela und Edmar und das ist Tata", Edmar deutete auf den immer noch hell leuchtenden Gnom, der gelangweilt mit seinen Zehen spielte.

„Ich bin Birga", stellte sich die junge Frau immer noch schniefend vor.

„Du kannst das Licht wieder dämpfen, Tata, Birga hat uns gefunden."

Tata sah Edmar erstaunt an, schüttelte dann vor sich hin murmelnd den Kopf und verringerte die Helligkeit seines Leuchtens. Birga wischte sich die Tränen aus dem Gesicht und schaute sich den kleinen Gnom genauer an.

„Wie kommt ihr zu einem Gnom?", fragte Birga erstaunt.

„Wir haben ihn zufällig getroffen, als wir uns auch verirrt hatten."

Birga betrachtete Tata mit großem Interesse. Es war eine Seltenheit, dass ein Mensch einen Gnom zu Gesicht bekam. Und wenn, dann war die Begegnung nur flüchtig.

„Wird er auch älter?"

Tata seufzte gelangweilt und bohrte in der Nase.

Edmar betrachtete ihn stirnrunzelnd und meinte dann an Birga gewandt:

„Nein, der Fluch wirkt bei ihm nicht."

„Kann er uns dann nicht aus dem Wald herausführen?" Birga schaute sich aufgeregt um. „Ich meine, hier

wird er kaum etwas zu essen finden, also muss er doch den Weg ans Licht kennen, oder?"
Tata schnaufte nur schnippisch und wurde von Edmar mahnend angerempelt. Tata zog ihm eine lange Nase und verschränkte die Arme.
„Das haben wir schon ausprobiert. Das ..."
„Menschen sollen den Wald des Bergs der Finsternis nicht verlassen. Sind ja Futter für die Schattenalben", fiel Tata Edmar ins Wort.
„Tata!" Tata steckte Edmar die Zunge heraus, als der ihn böse anschaute. Birga schaute verunsichert von einem zum anderen.
„Und was machen wir nun?"
„Tata führt uns zum Haus der bösen Hexe, die den Fluch bewirkt hat. Wir werden sie dazu bringen, den Fluch vom Wald zu nehmen!" Edmar klang sehr entschlossen.
Birga schluckte und brauchte einen Moment, um das zu verdauen.
„Eine böse Hexe? Ich dachte Hexen kommen nur im Märchen vor."
Edmar blickte auf den Gnom herunter.
„Tata ist sich sicher, dass eine böse Hexe im Wald lebt und dass sie für den Fluch verantwortlich ist."
Birga schaute verunsichert auf den Gnom, der gerade herzhaft gähnte.
„Eine böse Hexe. Seid ihr sicher, dass ihr das schafft?"
Edmar zuckte nun schon deutlich weniger selbstsicher mit den Schultern.
„Wissen wir noch nicht. Erst mal müssen wir überhaupt hinfinden und dann sehen wir weiter. Es wird be-

stimmt nicht einfach, aber besser als rumzusitzen und einfach auf den Tod zu warten."
Birga überlegte kurz und nickte dann.
„Kann ich mitkommen? Ich möchte nicht alleine in der Dunkelheit bleiben. Ich ..."
Birga versagte die Stimme und sie sah Adela und Edmar flehend an.
Adela legte Birga eine Hand auf den Arm und nickte.
„Natürlich, wir lassen dich doch nicht zurück!"
Edmar nickt zustimmend und Birga seufzte erleichtert auf.
„Danke", sagte sie leise.
„Wie seid ihr in diesen Wald geraten?", fragte sie dann.
Adela sah Edmar traurig an und antwortete dann:
„Mein Mann hat sich beim Holzsammeln verirrt. Wir haben ihn gesucht, aber nicht gefunden und befürchtet, dass er in den verfluchten Wald geraten ist. Niemand ist je aus dem verfluchten Wald zurückgekommen, wenn er einmal darin verschwunden war."
Birga starrte Adela mit weit aufgerissenen Augen an.
„Und ihr seid trotzdem, obwohl ihr das wusstet, in diesen Wald gegangen, um ihn zu suchen?", fragte sie ungläubig. Adela sah Edmar scharf an. Er hüstelte unbehaglich und in Tatas Licht konnte man sehen, dass er rot anlief.
„Ich war so dumm", gab er zu. „Ich wusste, dass aus dem Wald niemand zurückkehrt, aber warum, wusste ich nicht. Ich dachte, ich schaffe das schon." Er verstummte. Birga drehte sich zu Adela um und sah sie fragend an. Diese schüttelte nur müde den Kopf und ein paar Tränen liefen ihr das Gesicht herunter.

„Ich wusste nicht, was ich machen sollte. Bei Mutter bleiben oder Edmar suchen. Ich bin Hanno schon nicht in den verfluchten Wald gefolgt, um ihn dort zu suchen, obwohl ich mir sicher war, dass er darin verschwunden ist. Ich habe ihn im Stich gelassen. Ich hätte es mir nie verziehen, wenn ich auch Edmar einfach im Stich gelassen hätte."

Edmar nahm ihre Hand und drückte sie.

„Und eure Mutter?"

Adela zuckte nur hilflos mit den Schultern. Sie versuchte den Gedanken an Hilda zu verdrängen. Sie war sich sicher, für sich die richtige Entscheidung getroffen zu haben, aber ihre Mutter sah das sicherlich anders.

Birga seufzte und drückte mühsam ein paar Tränen weg.

„Mama wird wahnsinnig vor Sorge sein, wenn sie nachher vom Feld zurückkommt und ich bin nicht da. Dabei wollte ich ihr doch eine Freude machen."

„Wo kommst du eigentlich her?", fragte Edmar.

„Mama hat vor ein paar Wochen eine Stelle auf dem Hof in der Ziegenschlucht bekommen."

Edmar nickte. Auf dem Weg zu Gernos Hof kam man immer an dem Abzweig zur Ziegenschlucht vorbei. Er wusste, dass dort ebenfalls ein kleiner Bauernhof war, so wie der ihre in der Wolfsenke. In der Schlucht lebten ein paar wilde Ziegen, sie hatten der Schlucht den Namen gegeben.

„Gibt es immer noch Ärger mit den Wildziegen?", fragte er. Birga sah ihn erst verdutzt an, aber dann hellte sich ihr Gesicht auf.

„Mama hat erzählt, dass die Ziegen immer wieder den Zaun durchbrechen und das junge Grün fressen. Die Knechte sind gerade dabei, die Zäune zu verstärken.

Gesehen habe ich aber noch keine. Sie kommen wohl nicht bis zum Haus." Birga seufzte. „Niemand hat mir gesagt, dass man nicht in diesen Wald gehen darf. Ich hätte sonst aufgepasst! Ich habe lange keine Beeren gefunden. Erst als es anfing, dunkel zu werden, waren plötzlich viele Büsche da. Ich bin immer weitergegangen und plötzlich war der Weg verschwunden. Ich habe versucht, den Weg zurückzufinden und dann waren da plötzlich die gelben Augen und das zischende Atmen, das immer näher gekommen ist. Da bin ich nur noch gelaufen und den Korb mit den Beeren habe ich auch noch verloren." Wieder liefen Tränen und Birgas Schultern bebten. „Was mache ich denn nur? Mama hat doch nur noch mich."

„Was ist mit deinem Vater?", fragte Edmar die junge Frau.

„Ist letztes Jahr beim Fällen eines Baumes erschlagen worden." Birga schniefte und wischte sich die Nase mit dem Ärmel ihrer Bluse ab.

„Unser Vater ist auch tot", sagte Edmar mitfühlend.

„Tut mir leid", flüsterte Birga mit gesenktem Kopf.

„Gib nicht auf, Birga!", sagte Edmar bestimmt. „Wir haben auch noch nicht aufgegeben!"

„Gut. Wir sollten dann weitergehen. Wir werden schließlich nicht jünger", meinte Adela, rappelte sich mit diesen Worten hoch und sah Tata auffordernd an.
Der starrte zurück.

„Was?"

„Weitergehen, Tata!", Adela bemühte sich um einen freundlichen Ton.

„Wohin?"

„Zur Hexenhütte. Du hast einen Apfel dafür bekommen, dass du uns den Weg zeigst, schon vergessen?" Edmar konnte seine Gereiztheit kaum verbergen.

„Kein Grund unfreundlich zu Tata zu werden", beschwerte sich der Gnom. Er wandte sich an Adela.

„Können wir nicht wieder zu Tatas Oase gehen? Tata will nicht zur Hexenhütte. Ist nicht gut." Er sah Adela bittend an. Doch die schüttelte bestimmt den Kopf.

„Es geht nicht anders, Tata. Du hast es versprochen!" Mürrisch grummelnd machte sich Tata auf den Weg und die Menschen folgten ihm.

Auf dem richtigen Weg

Zufrieden lauschte **sie** dem Gespräch der Menschen. Sie waren zu allem entschlossen. Am Morgen hatte es noch so ausgesehen, als ob sie es sich überlegen würden, aber sie waren losgegangen. Das war sehr gut. Nur auf den widerspenstigen Gnom musste **sie** achtgeben, nicht dass er am Ende ihren Plan in seiner Einfältigkeit durchkreuzte. Die Schattenalben waren unzufrieden, das spürte **sie**. Ihnen lief das Wasser im Mund zusammen und **sie** konnte sie nur noch mit großer Mühe zurückhalten. Aber die Gelegenheit war zu günstig. Es musste einfach gelingen und dann war **sie** frei.

Hanno

Adela, Edmar und Birga stolperten in Tatas hellem Licht dem kleinen Gnom hinterher.

„Haben wir uns verlaufen?", fragte Birga zum wiederholten Male mit dünner, erschöpfter Stimme.

„Nein!", kam jedes Mal Tatas Antwort mit zunehmend giftigem Unterton. Der kleine Gnom fühlte sich sichtlich unwohl. Er tat Adela leid, aber er musste da durch. Wenn sie Erfolg hatten, wäre auch er von der Dunkelheit befreit und dagegen hatte er mit Sicherheit nichts einzuwenden. Allerdings schien ihm das bis jetzt noch nicht in den Sinn gekommen zu sein. Immer wieder blieb Tata stehen, um sich orientierend umzuschauen und jedes Mal kam Birgas Frage. Sie hatte ihnen noch erzählt, dass sie vorher mit Vater und Mutter in Schafsheim gelebt hatte und dass sie vorher kaum im Wald gewesen war. Für sie sah schon im normalen Wald eine Stelle wie die andere aus. Jetzt in der Dunkelheit war es noch schlimmer. Auch für Adela sah alles gleich aus, aber sie wusste, dass Tata zumindest erkennen würde, wenn sie im Kreis liefen und er hatte auch den Weg zu seiner Oase gefunden. Für ihn musste der Wald genaue Anhaltspunkte bieten, die sie nicht sah. Sie mussten Tata vertrauen, so schwer das auch fiel. Sie sah in Edmars und Birgas Gesicht. Seit sie aufgebrochen waren, waren sie deutlich gealtert. Bald würden die Haare anfangen grau zu werden und ihre Kräfte würden schnell nachlassen. Der Kampf mit dem Unterholz war kräftezehrend und nicht nur ihr fiel das Atmen zunehmend schwerer. Auch die anderen beiden schnauften hörbar. Je weiter sie in den Wald vordrangen, desto schlimmer wurde es, als ob der Wald sich wehrte, als ob er wusste, was sie vorhatten und das verhindern wollte. Sie wusste nicht, wie lange sie schon unterwegs waren, es schien eine Ewigkeit zu sein. Die Dunkelheit schien die Zeit zu dehnen. Sie war sich aber sicher, dass sie stetig berghoch gelaufen waren. Das schien ein gutes Zeichen dafür zu sein, dass Tata tatsächlich wusste, wo er hinging. Adela rang nach Atem. Sie brauchte eine Pause, quälte sich dennoch Schritt um Schritt weiter, bis Edmar sich schließlich einfach auf die Knie fallen ließ.

„Ich kann nicht mehr, ich brauche eine Pause."
Tata kam zögernd zurück und sah sich nervös um.

„Keine Pause. Weitergehen. Hier noch mehr Schattenalben. Tata fühlt sich überhaupt nicht wohl!"
Er zog sich verzweifelt an den Ohren, als auch Adela und Birga sich hinsetzten.

„Beruhige dich Tata! Sie haben uns bis jetzt nichts getan, sie werden uns auch weiter in Ruhe lassen", versuchte Adela den kleinen Gnom zu beruhigen. Tata nickte zweifelnd, setzte sich aber zu ihnen.

„Aber nicht lange!", sagte er bestimmt.
Edmar begann in seinem Rucksack zu wühlen.

„Kannst du mal ein wenig mehr Licht machen? Wir sollten die Pause nutzen und etwas essen."
Tata überlegte kurz, kam dann aber Edmars Bitte nach. Sein heller Schein leuchtete nun die umliegenden Bäume aus und fiel auch auf einen knorrigen Baumstamm.
Sie aßen schweigend und mit gesenkten Köpfen. Auch Tata mümmelte an einem Stück Brot, das Edmar ihm aufgedrängt hatte. In der Stille begann er sich schon wieder zu langweilen. Er wollte nicht hier sein. Er wollte lieber in den hellen Wald gehen und dort nach Wurzeln und Beeren suchen. Einen Moment lang spielte er mit

dem Gedanken, die Menschen einfach hier zurückzulassen. Sie würden so oder so sterben, selbst wenn sie das Haus der Hexe lebend erreichen sollten. Wenn eine Hexe so mächtig war, dass sie einen ganzen Wald verdunkeln konnte, was konnten ihr dann schon ein paar alte Menschen anhaben. Aber mit einem Blick auf die müden, niedergeschlagenen Gesichter verwarf er den Gedanken wieder. Außerdem hatten sie ihn ja bezahlt. Sein Blick fiel auf den knorrigen Baum und den Knochenhaufen, der davorlag.

„Da ist ja noch einer!", bemerkte er und zeigte auf den Baumstamm. Adela und Edmar sahen auf. Adelas Mund weitete sich zu einem entsetzten Oh. Tränen bahnten sich ihren Weg, als sie sich aufrappelte, zu dem Knochenhaufen stolperte und davor in die Knie ging. Ihre Schultern bebten heftig, als sie einen Fetzen gelben Stoffes aus dem Haufen zog und an ihre Stirn drückte.

Tata guckte ganz verstört und Birga fragte leise:

„Was ist das?"

Edmar kämpfte selber mit den Tränen, hatte er den gelben Stoff doch ebenfalls sofort erkannt.

„Das war Hanno, Elas Mann."

Er stand auf und ging zu seiner Schwester und legte ihr einen Arm um die Schulter. Mit einem lauten Schluchzen klammerte sie sich an ihn und weinte laut.

Tata trat unwohl von einem Bein auf das andere. Mehr als je zu vor wollte er nicht hier sein. Schließlich beruhigte sich Adela wieder.

„Weiter, Tata!" Ihre Stimme klang hart und duldete keinen Widerspruch. Tata nickte mit hängenden Ohren.

Sie näherten sich dem dunkelsten Teil des Waldes. Hier wuchs nicht mal mehr der Pilz auf den Bäumen. Nur noch Tatas Licht erhellte die Umgebung.

Suche nach Adela und Edmar

Gegen Mittag hatte Gerno erneut eine kleine Gruppe an Männern zusammengetrommelt, die bereit waren, noch einmal den Wald zu durchsuchen. Die meisten von ihnen hatten schon bei der Suche nach Hanno geholfen und waren sehr betroffen, dass Hildas Kinder sich wahrscheinlich im verfluchten Wald auf die Suche nach ihm gemacht hatten. Sie stimmten zu, den hellen Teil des Waldes zu durchsuchen, sagten aber gleich, dass sie auf gar keinen Fall in den verfluchten Teil vordringen würden. Hilda stimmte zu. Sie würde von niemandem verlangen, sein Leben aufs Spiel zu setzen.
Der Suchtrupp schwärmte erneut aus. Anhand der Kleidungsstücke, die Hilda mitgebracht hatte, hatten die Hunde schnell die Fährte von Edmar und Adela aufgenommen.
Sie verfolgten Edmars direkten Weg zum verfluchten Wald und erfuhren auch, dass Adela Edmar erst auf den Weiden gesucht hatte, bevor sie sich auf den Weg zum verfluchten Wald gemacht hatte. Die Nacht zuvor war es trocken geblieben, sodass es keinen Zweifel gab. Als sie Adelas Korb am Waldrand fanden, schwanden auch Hildas Hoffnungen, denn es bedeutete, dass Adela nicht Holz sammeln wollte, sondern wirklich Edmar gefolgt war. Sie näherten sich rasch dem Teil des Waldes, der immer wieder im Schatten lag und um den die Sonne langsam den Kampf verlor. Die Spur von Adela und Edmar verlor sich hier nicht, sondern führte direkt in die Schatten. Die Hunde waren hin- und hergerissen. Sie wollten der Spur weiter folgen, hatten aber Angst vor den Schatten und den Gerüchen darin. Es war bereits

Nachmittag und die Schatten wurden länger. Der Suchtrupp zog sich ein Stück in den noch gesunden Wald zurück und sammelte sich um Gerno und Hilda. Hilda bemühte sich verzweifelt, die Fassung zu bewahren und nicht vor den Männern zusammenzubrechen. Ihre Kinder waren fort und hatten sie allein zurückgelassen. Was sollte sie nur tun? Sie konnte doch nicht einfach nichts tun und ihre Kinder im Stich lassen. Die letzten zwei Jahre gingen ihr immer wieder durch den Sinn und ihr wurde bewusst, wie sehr sie sich in ihrer Trauer um ihren Mann in sich selbst zurückgezogen und ihre Kinder sich selbst überlassen hatte. Adela hatte den größten Teil der Verantwortung übernommen, ohne zu klagen. Sie hatte sie nicht im Stich gelassen, war für sie da gewesen und hatte ihr Zeit zum Trauern gegeben. Und was hatte sie getan? Nun liefen die Tränen doch, denn ihr wurde klar, dass sie ihre Kinder schon vor langer Zeit im Stich gelassen hatte. Ihre Entscheidung vom Vortag, Gernos Werben anzunehmen, geriet ins Wanken. Wie sollte sie damit leben können, es nicht wenigstens versucht zu haben, so aussichtslos der Versuch auch war? Adela hatte ihren Bruder auch nicht aufgegeben. Ein Ruck ging durch sie. Diesmal würde sie sich nicht zurückziehen und wenn es das letzte war, was sie tat. Sie würde ihren Kindern folgen und sie suchen. Sie könnte sonst nicht weiterleben, ohne dass die Schuldgefühle sie bis an ihr Lebensende verfolgen würden. Und was wäre das für ein Leben? Hilda richtete sich auf, wandte sich zum verfluchten Wald und machte den ersten Schritt. Gerno, der sie die ganze Zeit über besorgt beobachtete hatte, hielt sie am Arm zurück.

„Du kannst nichts mehr tun, Hilda!", sagte er, wohl ahnend, was sie vorhatte.
Hilda machte sich los.
„Ich muss, Gerno. Ich kann sie nicht einfach alleine lassen. Ich habe sie schon lange genug alleine gelassen, damit ist jetzt Schluss. Sie brauchen mich!"
Gerno machten einen Schritt auf sie zu und fasste sie an den Schultern.
„Das ist Selbstmord und das weißt du. Du nützt niemanden, wenn du da jetzt hineingehst!", sagte er eindringlich und schluckte.
„Ich will nicht, dass du ihnen folgst. Ich will dich nicht verlieren. Ich brauche dich doch auch!"
Gernos heisere Stimme versagte und die ersten Tränen liefen ihm über die Wangen. Die Männer schauten sich unbehaglich an.
Hilda brach nun vollends in Tränen aus und ließ sich von Gerno in den Arm nehmen. Er streichelt ihr über das Haar und flüsterte:
„Bitte, bleib bei mir, ich liebe dich doch!"
Hilda schaute auf und sah ihn an. So direkt hatte er es noch nie gesagt, auch wenn es immer offensichtlich gewesen war. Unzählige Gedanken schossen ihr durch den Kopf. Der Gedanke an ihre Kinder und dass sie es sich nie verzeihen würde, ließe sie sie jetzt einfach im Stich. Die Traurigkeit, Gerno wehzutun, denn selbst wenn sie noch nicht bereit war, es sich selbst einzugestehen, gingen ihre Gefühle für ihn doch schon über Freundschaft hinaus. Wie sollte sie sich nur entscheiden?
Gerno sah die widersprüchlichen Gefühle in ihrem Gesicht.

„Was würdest du tun, wenn es deine Kinder wären?", fragte sie leise und Gerno senkte den Kopf.
Er verstand sie. Er würde auch alles versuchen, um sie wiederzufinden. Er wollte sie schon loslassen, als plötzlich einer der Männer in Richtung des verfluchten Waldes zeigte und rief:
„Was ist denn das?"

Richtungswechsel

Sie betrachtete nun mit Sorge den Weg, den die kleine Gruppe einschlug. Der kleine Gnom wusste wirklich ganz genau, wo er hinwollte. Aber sie näherten sich dem Zentrum der Dunkelheit. Dort lebten die Schattenalben, dort waren sie sehr stark und **sie** wusste nicht, ob **sie** dort die Schattenalben, davon abhalten konnte, über die Menschen herzufallen. **Sie** konnte es nicht zulassen, dass die kleine Gruppe diesen Bereich des Waldes durchquerte, es war viel zu gefährlich. **Sie** konnte es kaum begreifen, dass der Gnom diesen Bereich tatsächlich unbehelligt durchquert haben sollte. Nicht einmal die Würmer im Boden waren vor den Schattenalben sicher. Allerdings, wenn er ebenfalls so albern geleuchtet hatte, wie er es jetzt wieder tat, dann war es möglich. Wenn die Schattenalben etwas hassten, dann das Licht. Aber dennoch, es war zu riskant, sich auf das Licht des Gnoms zu verlassen.

Tata verschwindet

Das kümmerliche Licht des Baumpilzes schien abzunehmen. Mit jedem Schritt, den sie machten, nahm die Dunkelheit zu. Die einzige Lichtquelle schien Tata zu sein. Adela konnte kaum noch atmen. Sie spürte, wie ihre Glieder immer schwerer wurden und die Gelenke wieder zu schmerzen begannen. Ein Blick auf Edmars Haar im Schein von Tatas Licht sagte ihr, dass sie allmählich wieder auf das Greisenalter zuschritten. Nur die unbändige Wut, die in ihr brodelte, gab ihr die Kraft, einen Schritt nach dem nächsten zu machen. Auch Birga wurde sichtbar älter und schwerfälliger, dennoch stolperte sie weiter, ohne zu klagen. Sie hatte aufgehört, bei jedem Halt, den Tata machte, zu fragen, ob sie sich verlaufen hatten. Sie hatte sich in sich zurückgezogen und ihr Gesicht hatte den gleichen erschöpften und angestrengten Ausdruck wie Edmars Gesicht und ihr eigenes wahrscheinlich auch.

Tata hielt an und schaute sich um. Die Menschen ließen sich schwerfällig auf dem Boden nieder, um die kleine Pause zum Ausruhen zu nutzen. Tata schaute Birga an, als wartete er auf ihre Frage und schien ein wenig enttäuscht zu sein, als sie nicht kam. Als er nicht weiterging, fragte Adela schließlich:

„Was ist los Tata?"

„Weiter geht Tata nicht. Ihr müsst einfach weiter geradeaus gehen, dann kommt ihr direkt darauf zu."

Edmar schreckte aus seinem Dämmerzustand hoch.

„Was? Du kannst uns doch jetzt nicht allein lassen. Selbst die Bäume geben kein Licht mehr ab."

Tata zuckte unbehaglich mit den Schultern.

„Tata geht nicht bis zum Schluss. Habt ihr auch gesagt. Dort sind so viele Schattenalben. Tata will da nicht hin!"
Mit diesen Worten machte er sein Licht aus und sie hörten Äste knacken, als er sich von ihnen entfernte.

„Tata! Komm zurück!", rief Edmar in die Dunkelheit.

„Was machen wir denn jetzt?", fragte Birga mit dünner Stimme. Ihr hastiges Atmen verriet, dass sie der Panik nahe war. Adela konnte es ihr nicht verdenken. Tata hatte sie in völliger Dunkelheit zurückgelassen. Sie konnte nicht mal mehr die Hand vor Augen sehen. Es knackte neben ihnen.

„Tata?", fragte Adela hoffnungsvoll. Doch als Antwort hörte sie nur ein leises, zischendes Atmen.

„Die Schattenalben, sie wollen uns fressen!", schrie Birga außer sich. Adela hörte, wie sie hastig aufstand und bekam gerade noch ihren Rock zu fassen.

„Bleib hier, Birga!"
Birga fiel schluchzend zu Boden und Adela strich im Dunkeln beruhigend über ihr Haar.

„Sie fressen nur Aas, hat Tata erzählt. Erinnert ihr euch? Solange wir leben, werden sie uns nichts tun."
Edmars Stimme klang nicht so recht überzeugt, aber dennoch schien etwas an seinen Worten dran zu sein, denn die Schattenalben waren ja noch nicht über sie hergefallen. Plötzlich kam Adela ein Gedanke.

„Edmar, hast du nicht die Lampe aus der Speisekammer eingepackt?"
Adelas hörte es im Dunkeln klatschen und dann rascheln.

„Natürlich. Wie konnte ich nur so blöd sein. Ich schleppe sie doch schon die ganze Zeit mit.

Adela hörte im Dunkeln Klappern und Rascheln, dann das Klicken, als Edmar den Anzünder betätigte. Eine kleine Flamme leuchtete auf und langsam verbreitete sich das warme Licht. Adela sah Edmars und Birgas müde Gesichter. Das Licht malte tiefe Falten auf ihr Antlitz.

„Was hat Tata gesagt? Wo müssen wir lang?"
In dem sich stetig ausbreitenden Licht schaute sie sich um und blickte direkt in die Fratze eines Schattenalbs. Die großen Augen starrten sie an. Geifer lief an den spitzen, gelben Zähnen in dem weit geöffneten Maul herunter. Seine Nase zuckte unaufhörlich, als ob er überlegte, doch nicht zu warten, bis sie tot waren. Seine Augen tränten von dem Licht, aber sein Hunger schien größer als der Schmerz zu sein. In das zischende Atmen mischte sich ein Knurren und die Schattenalben, die sich in die Dunkelheit zurückgezogen hatten, stimmten ein. Adela erwachte aus ihrer Erstarrung.

„Lauft!"
Die anderen zwei brauchten keine Aufforderung, sprangen auf und rannten los. Aber nach ein paar Schritten stolperte Edmar und ließ die Lampe fallen. Sie fiel auf ein Stück Holz und zerbrach klirrend. Einen Augenblick lang versuchte sich die Flamme von dem auslaufenden Öl zu ernähren, erstickte dann aber und ließ sie in der Dunkelheit zurück. Birga stieß einen verzweifelten Schrei aus und rannte Hals über Kopf davon.

„Birga!", rief Adela ihr noch hinterher, aber zur Antwort hörte sie nur, wie sich das Geräusch von brechenden Zweigen entfernte.

„Ela?"
„Ich bin hier, Edi."

Im Dunkeln fanden sich ihre Hände und sie setzten sich dicht nebeneinander. Neben sich hörten sie die Schattenalben atmen. Noch warteten sie, aber wann würde ihr Hunger ihre Geduld übersteigen?

Der widerspenstige Gnom

Fluchend hastete **sie** dem kleinen Gnom hinterher. Er hatte sich so unerwartet verabschiedet, dass **sie** die Gelegenheit verpasst hatte, ihn unter **ihre** Kontrolle zu bringen. **Sie** ärgerte sich ebenso darüber, dass **sie** es nicht schon eher getan hatte. Aber er hatte so schön mitgespielt und vermutlich wäre sein verändertes Verhalten den Menschen aufgefallen. Jetzt waren die Menschen erschöpft genug, um es nicht zu merken und der kleine Idiot macht sich aus dem Staub. **Sie** hielt inne, um zu lauschen. Wo war er nur? Sonst scherte er sich nicht darum, ob man ihn hörte. Jetzt hatte er auch noch sein albernes Licht ausgeknipst. Wie sollte **sie** ihn da nur finden? Er musste unbedingt zu den Menschen zurückgehen und sie weiterführen. Aber dann den Weg, den **sie** im Sinn hatte. Ein gutes Stück vor **ihr** leuchtete flackernd ein Licht auf. Ein erleichterter Seufzer entfuhr **ihr**. Da war er ja. Noch war nichts verloren. **Sie** musste sich jetzt beeilen, bevor die Menschen in der Dunkelheit völlig den Verstand verloren oder die Schattenalben in ihrem Hunger den Tod der Menschen nicht abwarten konnten. **Sie** hatte sie schon viel zu lange allein gelassen und nur noch eine schwache Verbindung zu den Schattenalben. **Sie** spürte ihren Hunger und ihr steigendes Verlangen nach einer Mahlzeit. **Sie** schaute wieder zu dem Licht und sah mit Erstaunen, dass es langsam näher kam.

Tatas Gewissen

Tata bahnte sich in der Dunkelheit seinen Weg durch das Unterholz. Die Schattenalben folgten ihm nicht. Er war wohl zu klein, um der Mühe wert zu sein. Sie waren bei den Menschen geblieben und warteten nun darauf, dass sie starben. Eine Träne lief ihm die Wange herunter und er wischte sie zornig weg.

„Ihr habt gesagt, Tata muss nicht bis zum Schluss mit! Ihr habt das gesagt!", flüsterte er in die Dunkelheit. „Tata macht nur, was Ihr gewollt habt. Tata kann doch nichts dafür, wenn ihr euch immer alles anders überlegt!"
Tata blieb stehen und sah zurück. Für einen Augenblick sah er ein Licht aufblinken, aber nach kurzer Zeit erlosch es wieder und der Schrei, der dann folgte, war nicht zu überhören. Er hielt sich die Ohren zu und kauerte sich zusammen. Er wollte überall sein, nur nicht hier. Er wollte nach Hause, aber irgendwie konnte er nicht. Er hörte die Menschen einander rufen und dann verstummen.

„Was macht Tata nur? Ihr habt doch gesagt, Tata braucht nicht bis zum Schluss mit!"
Tata stand auf und ging ein paar Schritte weiter und blieb dann wieder stehen. Er konnte nicht. Er konnte sie nicht einfach im Dunkeln zurücklassen. Er mochte sie und wollte nicht, dass sie gefressen wurden. Zögernd machte er sein Licht wieder an. Vielleicht konnte er sie ja doch überreden, mit ihm zurück in seine Oase zu kommen. Vielleicht fanden sie eine andere Möglichkeit. Er seufzte noch einmal und ging dann langsam in die Richtung, aus der er das letzte Mal Adelas und Edmars Stimme gehört hatte. Er hörte die Schattenalben zuerst. Sie mussten sich

mittlerweile zahlreich versammelt haben. Und sie fingen an zu knurren, das war nicht gut. Futter kam nicht oft so weit in den Wald hinein und sie mussten wirklich hungrig sein. Tata leuchtete so hell er konnte und sah, wie sich die Fratzen der Schattenalben schmerzhaft verzogen und sie jaulend in den Schatten verschwanden.

Licht im Dunkel

Edmar war eingenickt und schreckte auf, als plötzlich helles Licht anging. Er stieß Adela an, die ihren Kopf auf seine Schulter gelegt hatte.

„Tata?", fragte er in das Licht hinein und es schwächte sich ab, sodass sie den kleinen Gnom sehen konnten, der sie mit schiefgelegten Kopf ansah.

„Wieso sitzt ihr hier, ihr solltet doch weiter geradeaus gehen?"

Edmar schüttelte nur müde den Kopf.

„Im Dunkeln ist überall geradeaus, Tata", sagte er.
„Hast du es dir anders überlegt?"
Tata trat unruhig von einem Bein auf das andere.

„Tata will da nicht hingehen. Vielleicht kommt ihr mit zurück zu Tatas Oase?" Er sah sie fragend an. Dann schien er über etwas nachzudenken und meinte dann: „Oder wir gehen einen anderen Weg, ist etwas länger."
Edmar starrte ihn ungläubig an.

„Du kennst noch einen anderen Weg? Warum hast du uns dann erst hierhergebracht?"
Tata zog einen Flunsch.

„Es sollte doch schnell gehen, war der kurze Weg."
Das leuchtete Edmar ein, dennoch schaute er den Gnom noch mal scharf an. Seine Aufgeregtheit war plötzlich verschwunden. In dem Moment lenkte ihn ein Geräusch hinter ihm ab und er sah eine ziemlich zerzauste Birga in Tatas Lichtkreis stolpern. Adela rappelte sich hoch und umarmte sie.

„Wir haben schon gedacht, dass wir dich nie wiedersehen."

Birga schnaufte. „Das dachte ich auch. Ich bin nicht weit gekommen, bis ich hingefallen bin. Ich war, glaube ich, kurze Zeit ohnmächtig und bin von dem Licht aufgewacht und einfach darauf zugegangen."
Sie sah auf den Gnom hinab, der uninteressiert zu Boden schaute. Edmar sah ihn stirnrunzelnd an und meinte:
„Tata kennt noch einen anderen Weg."
Als ob das ein Stichwort war, sah Tata auf und nickte strahlend. „Ja, ein anderer Weg, ist aber etwas länger."
Ohne auf die Menschen zu warten, setzte er sich in Bewegung. Adela sah Edmar schulterzuckend an und folgte dem kleinen Gnom.

Endloser Weg

Der Weg nahm kein Ende. Es war nur ein schwacher Trost, dass es wieder etwas heller war, denn sie waren in den Bereich des Waldes zurückgekehrt, in dem der Baumpilz noch wuchs. Sie gingen nach wie vor stetig bergauf, sodass Tatas Behauptung, einen anderen Weg zu kennen, nicht falsch zu sein schien. Aber jeder Schritt fiel ihnen schwerer. Sie konnten sich kaum noch auf den Beinen halten. Selbst Tata schien wie in Trance dahinzulaufen. Er hatte aufgehört, hin und wieder stehen zu bleiben und sich umzuschauen. Es störte sie nicht, da jede Pause verlorene Zeit war, die sie nicht mehr hatten. Aber allmählich kam es Adela merkwürdig vor. Tata war gar nicht mehr er selbst.
Sie schloss zu ihm auf und fragte:
„Alles in Ordnung, Tata?"
Tata reagierte nicht und lief einfach weiter. Adela gab nicht auf.
„Tata?", fragte sie etwas lauter und hinter ihr zuckte Edmar zusammen. Auch Tata schien aufzuwachen, blieb stehen und sah zu ihr hoch.
„Was?"
„Ich wollte wissen, ob alles mit dir in Ordnung ist. Du bist so still und hast dich schon seit langer Zeit nicht mehr umgeschaut, so wie du es am Anfang gemacht hast." Tata nickte abwesend und sah sich nun genau um. Seine Stirn legte sich für einen Augenblick in besorgte Falten, nahm dann aber wieder den verträumten Ausdruck an.

„Ja, ja. Mit Tata ist alles in Ordnung. Tata ist nur etwas müde. Aber wir sind auf dem richtigen Weg, ist nicht mehr weit. Brauchst du Pause?"
Nur Adela hatte das Mienenspiel bemerkt, doch bevor sie etwas sagen konnte, meinte Edmar:
„Nein, Tata. Wir müssen weiter. Uns bleibt nicht mehr viel Zeit."
Tata nickte und lief weiter. Edmar war viel zu erschöpft, um zu merken, dass Tata nicht wie üblich widersprochen hatte. Bei jeder Möglichkeit hatte der kleine Gnom versucht, die Menschen zur Umkehr zu bewegen. Aber Edmar wollte nur noch ankommen. Er konnte kaum noch einen klaren Gedanken fassen. Manchmal entfiel ihm der Grund, warum sie durch die Dunkelheit stolperten. Die Finsternis schien alles zu schlucken. Die Luft zum Atmen, jeden Gedanken, der sich mühsam bildete, jegliche Kraft, die noch irgendwie übrig war. Immer wenn Edmar einen lichten Moment hatte, wurde ihm klar, selbst wenn sie die Hexenhütte noch rechtzeitig erreichten, würden sie nicht mehr die Kraft haben, gegen die Hexe zu kämpfen. Er begann aufzugeben. Er würde irgendwann einfach hinfallen und liegen bleiben.

Gnommagie

Das war knapp gewesen. Der Gnom war sich seiner Stärke zum Glück nicht bewusst. Es war schon schwer, ihn um den dunkelsten Teil des Waldes herumzuleiten. Aber dass die Menschen auch so misstrauisch waren. Beinahe hätte **sie** die Kontrolle über den widerspenstigen Gnom verloren. Aber nun war es nicht mehr weit. **Sie** hoffte, dass es nicht zu spät war. Die Menschen hatten bald das Ende ihrer Lebensspanne erreicht und würden bald nicht mehr die nötige Kraft haben. **Sie** spürte, dass sie zu resignieren begannen. Wenn sie sich mit ihrem Tod abfinden würden, war alles verloren.

Hexenhütte

Adela hatte jegliches Gefühl für die Zeit verloren. Endlos waren sie Tata hinterhergestolpert, im Blick nur den kleinen Lichtkreis, der ihn umgab. Die Wut brodelte unverändert in ihr und sie hatte die anderen beiden immer wieder angetrieben, weiterzugehen. Sie war sich sicher, dass ohne ihre aufmunternden Worte zumindest Birga längst aufgegeben hätte. Auch Edmars Gesicht hatte allmählich diesen trostlosen, stumpfen Ausdruck angenommen. Sie schaute sich um, blickte über Tatas Lichtkreis hinaus und stutzte. Etwas änderte sich. Der Wald wurde heller. Es war, als ob sie sich Tatas Oase näherten. Adelas Misstrauen war geweckt. Hatte Tata sie an der Nase herumgeführt und wieder zu sich nach Hause gebracht? Nein, so viel Bosheit traute sie dem Gnom nicht zu. Er hätte auch nicht so lange damit gewartet. Sie mussten mittlerweile fast den ganzen Tag unterwegs sein. Auch Edmar bemerkte die zunehmende Helligkeit und seine Schritte beschleunigten sich unbewusst. Er schloss zu Adela auf und sah sie fragend an. Licht passte nicht zu dem, was Tata über die böse Hexe und den Fluch erzählt hatte. Auch Birga kam näher und fragte:

„Sind wir da?"

Edmar zuckte zweifelnd mit den Schultern.

„Es ist nicht das, was ich mir vorgestellt hatte. Tata hat erzählt, dass die böse Hexe Dunkelheit mag. Und Licht passt gar nicht dazu. Eigentlich habe ich erwartet, dass sie im dunkelsten Teil des Waldes lebt und nicht in einer Lichtoase."

Tata war stehen geblieben und wartete auf sie.

„Weiter geht Tata nicht. Da vorne ist es. Tata verschwindet jetzt."
Und ohne ein weiteres Wort erlosch sein Licht und sie konnten das Knacken der Büsche hören, als er sich eilig entfernte. Edmar und Adela sahen mit offenem Mund in die Richtung aus der das Knacken kam und dann einander an.

„Tata!", rief Edmar dem kleinen Gnom hinterher, aber es kam keine Antwort. „Was ist denn in den gefahren? Ich dachte, er wollte uns nicht mehr allein lassen.", fragte Edmar misstrauisch.

„Weiß ich nicht", gab Adela mit gerunzelter Stirn zurück. „Er ist die ganze letzte Zeit schon so komisch gewesen, als ob er nicht er selbst ist."
Edmar nickte, winkte dann aber ab.

„Er hatte sowieso keine Lust gehabt, uns den Weg zu zeigen. Er hat ja gesagt, dass er nicht bis zum Schluss mitgeht und hat jetzt einfach die Gelegenheit ergriffen und sich aus dem Staub gemacht!"

„Im Dunkeln?", fragte Adela zweifelnd. Doch Edmar zuckte nur erneut mit den Schultern.

„Hat er ja beim ersten Mal auch so gemacht, damit wir ihn nicht einfangen konnten, schon vergessen? Er macht es bestimmt gleich wieder an. Wer weiß, was in seinem kleinen, komischen Kopf wirklich vor sich geht."
Edmar schaute einen Moment in die Richtung, in die der kleine Gnom verschwunden war. Es war schon merkwürdig. Er hatte sich richtig an ihn gewöhnt. Er seufzte und wandte sich wieder an Adela: „Wir sollten jetzt auf jeden Fall weitergehen. Auch wenn Licht nicht das ist, was wir erwartet haben, ist es besser, als in der Dunkelheit von den Schattenalben gefressen zu werden."

„Das denke ich auch", stimmte Birga zu und streifte sich die nun grauen Haare aus der Stirn „Solange wir noch gehen können. Meine Knie werden allmählich steif!"
Sie gingen auf das Licht zu, das immer stärker durch die Bäume schien und bald konnten sie eine kleine Hütte zwischen den Baumstämmen erkennen. Wie um Tatas Oase herum wurden die Bäume wieder grün. Der Fluch schien hier keine Macht zu haben. Es war schon merkwürdig. Die Hexe hatte doch die Dunkelheit verursacht, warum hatte sie das getan, wenn sie dann doch nicht in ihr leben wollte? Diese grüne Lichtung war wie ein Gefängnis.

„Wie kommen wir da hinein? Tatas Oase umgibt ein Schutzschirm, der ungebetene Besucher fernhält. Tata musste uns an die Hand nehmen, erinnerst du dich?", fragte Edmar Adela und sie nickte.

„Wir sollten es einfach versuchen, vielleicht ist kein Schutzschirm drumherum. Denn wozu braucht die Hexe einen Schutzschirm? Wenn es klappt, ist es gut, wenn nicht, lockt es vielleicht die Hexe heraus", schlug Birga vor. Edmar und Adela nickten.

„Zusammen!"
Sie fassten sich an den Händen, nahmen Birga in die Mitte und betraten zusammen die Lichtung. Sie spürten einen leichten Widerstand, konnten aber die Lichtung betreten.
Sie gingen ein paar Schritte, bevor sie sich losließen. Edmar und Adela schauten sich erstaunt um. Alles wirkte so friedlich. Adela reckte gerade ihr Gesicht der Sonne entgegen, als sie bei einem Geräusch, das aus der Richtung der Hütte kam, zusammenzuckte. Eine blonde Frau

mittleren Alters kam aus der Hütte und begrüßte sie freundlich:

„Willkommen auf meiner Lichtung. Ich bin Lilia."

Adela und Edmar starrten sie sprachlos an. Das war so gar nicht das, was sie erwartet hatten. Dann trat Birga hinter Edmar hervor. Sie hatte sich hinter ihm versteckt, als Lilia aus dem Haus getreten war.

Als Lilia sie sah, wurde ihr Gesicht finster.

„Ich sehe, Birga, nun hast du einen Weg gefunden."

Birga fauchte wütend und hasserfüllt. Und sprachlos sahen Adela und Edmar zu, wie sie wieder zu der jungen Frau wurde, die sie getroffen hatten.

„Ja Lilia. Dein Schutzschirm hat mich wirklich aufgehalten, dir den Rest zu geben. Sehr schlau, meinen Fluch gegen mich zu wenden."

Edmar trat vor sie.

„Moment mal, was heißt denn das? Dein Fluch!? Was wird hier gespielt? Wer bist du?"

Birga lachte heiser und gab Edmar einen heftigen Stoß, sodass er stürzte und benommen liegen blieb.

„Edi!" Adela lief zu ihm und versuchte ihn aufzurichten.

„Nur eine reine Seele kann diesen Schirm durchdringen. Es hat hundert Jahre gedauert, bis ich das herausgefunden habe. Und wie sollte eine reine Seele zu dir finden, wenn sie vorher starb? Diese zwei haben es geradeso geschafft. Und das auch nur mit der Hilfe des einfältigen Gnoms. Die Schattenalben zurückzuhalten war Schwerstarbeit, aber den Gnom unter Kontrolle zu halten war noch schwieriger."

Birga lachte ein grausames Lachen, bei dem Adela die Haare zu Berge standen.

„Beinahe hätte er sie zu meiner Hütte geführt. Ich wusste gar nicht, dass er sie gefunden hatte, sonst hätte ich ihn schon längst beseitigt. Dieser kleine Idiot - fast hätte er alles verdorben! Aber der Dunkelheit sei Dank, diese beiden Trottel sind ihm blind gefolgt. Spätestens als sie das Licht bemerkt haben, hätten sie misstrauisch werden müssen. Aber Menschen sind genauso dumm wie Gnome."

Birga ging auf ihre Schwester zu, ohne auf die Geschwister zu achten. Lilia wich nicht zurück. Mit erhobenem Haupt sah sie Birga entgegen.

Langsam drang das gerade Geschehene und Gehörte zu Adela durch. Hannos Mörderin stand direkt vor ihr. Sie war die ganze Zeit bei ihnen gewesen. Sie hatten mit ihr ihre letzten Vorräte geteilt und sie getröstet. Ein Knurren entrang sich ihrer Kehle, als sie Edmar zurück auf den Boden gleiten ließ. Blind vor Wut sprang sie auf und stürzte sich auf Birga.

„Du hast Hanno umgebracht!"

Bevor Adela Birga jedoch erreichen konnte, wirbelte diese herum. Aus ihren Händen schossen Blitze, die Adela trafen und sie einige Meter weit zurückschleuderten. Adela blieb als rauchender Haufen liegen.

Edmar, kaum bei Bewusstsein, kroch zu ihr. Er rief heiser ihren Namen und schüttelte sie, doch sie regte sich nicht. Leise schluchzend drehte er sie auf den Rücken und legte seinen Kopf auf ihre Brust. Birga betrachtete die beiden einen Moment mit höhnisch verzerrtem Mund und wandte sich wieder ihrer Schwester zu.

„Was mache ich nun mit dir? Einfach nur umbringen wäre zu gnädig. Die ganze Zeit habe ich mich geärgert, dass ich dich nicht gleich zusammen mit Mutter und

Vater beseitigt habe. Ich hatte dich unterschätzt. Ich habe wirklich geglaubt, du seist keine Gefahr für mich. Anstelle Mutter zu helfen, hast du dich einfach verkrochen. Dabei warst du doch ihr Liebling." Birga lachte, als sie die Tränen auf Lilias Gesicht sah. „Oh. Es tut dir leid. Es hat dich all die Jahre gequält. Wie schön!"
Lilia schluchzte:
„Es hat mich all die Jahre gequält. Aber wie konnte ich die Hand gegen dich erheben? Du bist meine Schwester. Und ..."
„Ach bitte erspar mir das!", fiel Birga ihr ins Wort. „Ja, ich weiß, was Mutter immer gepredigt hat. Liebt einander und so weiter. Alles Unsinn. Du hast doch gesehen, was passiert ist. Immer wenn sie den Menschen helfen wollte, sind sie misstrauisch geworden. Was denkst du warum wir im Wald leben mussten? Weil Vater Jäger war? Das nicht lache." Birga betrachtete Lilia mit mitleidlosen Augen. Die Tränen in den Augen ihrer Schwester rührten sie nicht. Lilia streckte Birga die Hand entgegen.
„Bitte, Birga. Noch ist es nicht zu spät!"
Birga spuckte sie an.
„Nicht zu spät wofür? Mich zu ändern? Eine gute Hexe zu werden? Hast du es immer noch nicht begriffen? Ich will es genau so, wie es ist. Die Macht ist berauschend und ich gebe sie auf gar keinen Fall auf! Du bist das einzige was mich noch stört."
Lilia ließ die Hand sinken. Tränen glänzten in ihren Augen.
„Ich werde die Hoffnung nicht aufgeben."
Birga winkte verächtlich ab. Hoffnung. Sie verabscheute dieses Wort.

„Ich weiß nicht, wie du es die ganze Zeit geschafft hast, meinen Fluch einzuschränken. Jedes Mal, wenn ich neues Land erobert hatte, hat das Licht es sich zum größten Teil wieder zurückgeholt. Wie hast du das gemacht?"

„Licht ist immer stärker als die Dunkelheit!"

Birga schlug Lilia mit der flachen Hand fest ins Gesicht.

„Falsch!", spuckte sie ihr entgegen.

„Und ich habe endgültig die Nase voll von dir. Ich denke, ich schneide dir einfach die Kehle durch und lasse dich als Mahlzeit für die Schattenalben liegen." Lilia zuckte zusammen, wich aber nicht zurück. Birga sah sie lauernd an. „Ich sehe, du kennst meine Schattenalben. Wie gefällt dir meine Schöpfung? Sie gedeihen prächtig, findest du nicht?"

Lilia schluckte.

„Es sind grausame Geschöpfe."

„Ja und sie passen ganz wunderbar zu mir. Sie fühlen sich richtig wohl in der Scheune, wo ihr Nest ist. Manchmal sind sie etwas schwer zu kontrollieren, aber die Angst, die sie verbreiten, ist wunderbar. Aber nun ist Schluss mit dem Geschwätz."

Lilia wurde blass, als sie zusah, wie Birga einen Dolch aus ihrem Kleid zog. Mit diesem Messer hatte sie auch ihre Mutter und ihren Vater getötet. Birga bemerkte ihren Blick und ein grausames Lächeln stahl sich in ihr Gesicht.

„Du erinnerst dich an ihn." Sie hielt die Dolchspitze dicht vor Lilias Augen und strich dann langsam mit der Spitze Lilias rechte Wange hinab, bis sie an ihrer Kehle ruhte.

„Mutter hatte den gleichen Ausdruck in ihren Augen, wie du jetzt." Birgas Lächeln wurde breiter und ihre Augen strahlten lustvoll.

„Warum tust du das, Birga?", fragte Lilia mit zitternder Stimme. Eine Träne lief ihre Wange herunter.

„Warum?" Birga schüttelte lächelnd den Kopf und ihre Wangen röteten sich. „Weil es aufregend ist, die Angst in deinen Augen zu sehen. Es macht mich lebendiger als alles andere. Du und Mutter habt nie verstanden, wie wunderbar die Kraft der Dunkelheit ist. Man fühlt sich unbesiegbar." Sie drückte den Dolch etwas fester an Lilias Kehle und ein Tropfen Blut rann ihren Hals hinab. „Ich bin unbesiegbar!" Birga schloss die Augen und sog Lilias Angst tief in sich ein. Lilia stand wie erstarrt, unfähig sich zu wehren. Birga durchlebte noch einmal den Moment, in dem sie ihrer Mutter die Kehle durchschnitt und das Leben aus ihren Augen weichen sah. Ihre Mutter hatte nicht um Gnade gefleht und ihre letzten Worte waren ‚Ich liebe dich, meine Tochter' gewesen. Sie hatten ihr nichts genützt. Birga liebte niemanden, nur die Macht, welche die Dunkelheit ihr verlieh. Birga öffnete die Augen und sah Lilia fest an. Sie wollte sehen, wie das Lebenslicht in ihren Augen erlosch. Heute würde sie triumphieren und ihre Schwester endlich für immer los sein. Auch wenn sie nie erfahren würde, wie Lilia es geschafft hatte, rund um ihr Gefängnis den Fluch zu brechen. Birga hatte sie langsam in der Dunkelheit sterben lassen wollen, als erstes Opfer für ihre erste Brut Schattenalben. Aber Lilia hatte es geschafft, sich ihr Licht zu bewahren und ihre Schwester auszusperren.

Sie war unendlich wütend gewesen, als sie herausfand, dass sie allein niemals den Schutzschild ihrer Schwester

durchbrechen konnte. Lilia war wie ein Stachel in ihrem Fleisch, der sie bei jeder Bewegung piekte und störte. Aber nun hatte sie einen Weg gefunden. Geschützt von den beiden reinen Seelen der Menschen, die sie zuvor ins Unglück gestürzt hatte. Nun würde die Dunkelheit siegen. Für Lilia gab es keinen Ausweg mehr. Birga weidete sich an Lilias Angst. Solange die Schwester ihr auch getrotzt hatte, sie war nicht bereit zu sterben und sie fürchtete sich vor dem Tod. Birgas Augen funkelten lustvoll, als sie langsam das Messer hob. Lilias Augen waren vor Angst geweitet und ihr Atem ging stoßweise. Dennoch stand sie still, unfähig, sich zu bewegen.
Edmar hatte sich wieder hingesetzt und sah dem Ganzen benommen zu. Nur langsam drangen Birgas Worte zu ihm durch. Sie war die Ursache allen Übels und grausamer, als er sich es je hatte vorstellen können. Er hielt die immer noch bewusstlose Adela in seinen Armen. Sachte streichelte er ihre Wange und legte sie dann vorsichtig ins Gras. Er konnte kaum einen klaren Gedanken fassen, sein ganzer Körper schmerzte und er war unendlich müde. Nur mühsam begriff er, dass alles verloren war, wenn Birga Lilia tötete, dass es an ihm lag, dies zu verhindern.

Tata wacht auf

Tata wachte auf, als er das Knurren neben seinen Ohren hörte. Vor Schreck machte er Licht und starrte direkt in die hässliche Fratze eines Schattenalben. Dieser jaulte schmerzerfüllt auf und zog sich mit zusammengekniffenen Augen zurück. Tata legte seine Hand auf sein klopfendes Herz und sah sich um.
Wo war er nur? Hier war er noch nie gewesen und wo waren die Menschen? Er erinnerte sich noch wage daran, dass er zu den Menschen zurückgekehrt war, die er kurz vor der Hütte der bösen Hexe allein gelassen hatte und dann war nichts mehr. Tata drehte sich noch einmal um sich selbst. Die Schattenalben hatten sich ein gutes Stück zurückgezogen. In Gedanken machte er sich eine Notiz, dass er Edmar darauf hinweisen musste, das Licht wirklich sehr gut gegen Schattenalben half. Er dämpfte sein Licht und sah in der Ferne einen Schein. Er kratzte nachdenklich seinen Kopf. Sollte er versuchen, seine Oase zu finden oder die Menschen? Das Licht in der Ferne zog wieder seine Aufmerksamkeit auf sich. War das vielleicht seine Oase? Er schaute sich noch mal um. Nein! Die Umgebung hier war ihm völlig fremd. Hier war er definitiv noch nicht gewesen. Und er hatte sich schon gründlich im verfluchten Wald umgeschaut. Das Licht zog ihn an, also überlegte er nicht lange und ging darauf zu. Zumindest würden ihm die Schattenalben dorthin nicht folgen.
Bald hatte er die Lichtung erreicht und hörte Birgas Erklärung, wie sie ihn getäuscht hatte, sah wie Adela Birga angriff und scheiterte. Und als Birga sich nun der Frau zuwandte, die vor der Hütte stand, sie schlug und

schließlich einen Dolch zog, reichte es Tata. Er war vielleicht nicht der Klügste, aber man musste ihn nicht so an der Nase herumführen. Er hatte Birga und ihre ständigen, nervenden Fragen, ob sie sich verlaufen hatten, nie gemocht. Er hatte auch nicht verstanden, warum die anderen beiden sie unbedingt mitnehmen wollten. Aber Menschen waren anscheinend so vertrauensselig. Und wie Recht er mit seinem Gefühl gehabt hatte, dass mit Birga irgendetwas nicht stimmte. Aber alle hielten ihn ja für dumm. Wütend bahnte sich Tata seinen Weg durch das letzte Gestrüpp, das ihn noch von der Lichtung trennte. Er würde sie ordentlich verhauen, diese Birga, ja, das hatte sie verdient! Dies war sein Revier und niemand führte ihn in seinem Revier an der Nase herum!
Birga packte Lilia an den Haaren und zog ihren Kopf nach hinten. Doch bevor sie den Dolch zum Schnitt ansetzen konnte, kam Tata von hinten angesprungen, landete in ihren Haaren und begann, daran zu ziehen und Birga zu kratzen, wo er nur hinkam. Birga kreischte auf, ließ Lilia und den Dolch los und mühte sich, den Gnom aus ihren Haaren zu entfernen. Lilia stolperte rückwärts, sank an der Hüttenwand in sich zusammen und betrachtete entsetzt, wie der kleine Gnom todesmutig mit Birga kämpfte. Birga kreischte wutentbrannt und Tata schimpfte unablässig auf sie ein:
„Du hast Tata belogen und den Menschen wehgetan. Tata ist nicht dumm. Tata ist schlau und das ist Tatas Revier! Du hast hier nichts verloren. Ich werde dich so verhauen, dass du nicht mehr aus den Augen gucken kannst, du blöde Hexe!"
Edmar starrte mit offenem Mund, fassungslos auf den kleinen Gnom, der sich immer wieder aus Birgas Griff

wand und mit seinen kleinen Fäusten jeden Flecken Haut in ihrem Gesicht traktierte, an den er herankam. Mühsam rappelte sich Edmar hoch. Wenn Tata mit der Hexe kämpfen konnte, dann konnte er das auch. Zusammen schafften sie es vielleicht, sie zu besiegen. Er wankte auf den Dolch zu, den Birga bei Tatas Angriff hatte fallen lassen und hob ihn mit zitternden Händen auf. Als Birga schließlich den Gnom zu fassen bekam, warf sie ihn in hohem Bogen in den Wald zurück. Zornig stieß sie laut einen Schrei aus und wischte sich das Blut von der Stirn, das ihr aus den vielen Kratzern lief. Als sie sich suchend nach dem Dolch umdrehte, sah sie sich Edmar gegenüber. Zitternd stand er vor ihr und hielt den Dolch auf sie gerichtet.

„Ach, bitte! Mach dich doch nicht lächerlich. Du kannst dich ja kaum auf den Beinen halten. Gib den Dolch her, dann erlöse ich dich von deinen Leiden!" Birga machte einen Schritt auf Edmar zu und fasste nach dem Dolch. Doch er wich zur Seite aus und stach zu. Fassungslos sah Birga in Edmars grimmiges Gesicht.

„Ich brauche keine Erlösung!", stieß er zwischen seinen zusammengepressten Zähnen hervor. Er umklammerte sie fest mit einem Arm, schob den Dolch weiter in ihren Körper und drehte ihn, bis er schließlich ihr Herz traf.

Lilia schrie auf.

„Nein!" Sie krabbelte zu ihrer Schwester, die zusammengesunken von dem Dolch in Edmars Hand glitt. Edmar ließ den Dolch fallen und sank auf seine Knie. Er hatte es geschafft. Die böse Hexe war tot. Doch irgendwie fühlte er sich schlecht. Er war so wütend gewesen, dass sein Zorn sein Gewissen übertönt hatte, aber jetzt

meldete es sich mit ganzer Kraft. Es half ihm nicht, dass Birgas Tod die einzige Möglichkeit gewesen war, wenn sie überleben wollten. Er wünschte, es hätte eine andere Möglichkeit gegeben.
Weinend zog Lilia ihre Schwester in ihre Arme. Ihre Tränen benetzten Birgas bleiches Gesicht. Immer noch hatte sie den fassungslosen Gesichtsausdruck, aber die Grausamkeit war aus ihren Augen verschwunden. Dunkelrotes Blut strömte aus der großen Wunde, die der Dolch hinterlassen hatte und wo es auf den Boden gelang, verdorrte das Gras. Lilia schloss ihrer Schwester die Augen und wiegte sie sanft in ihren Armen.
Edmar kroch mühsam zu Adela zurück und rüttelte sie. Flatternd öffneten sich ihre Augen und sie begann zu husten. Mit einem Aufschrei zog Edmar sie in seine Arme und hielt sie ganz fest.

„Ich habe gedacht, sie hat dich mir auch noch weggenommen", schluchzte er. Adela streichelte ihm über den Kopf.

„Was ist passiert?", fragte sie.

„Tata kam plötzlich angesprungen und hat sie gekratzt und an den Haaren gezogen, sodass sie das Messer fallen gelassen hat, mit dem sie Lilia töten wollte. Ich habe mir das Messer genommen, als sie mit Tata beschäftigt war und dann habe ich sie erstochen. Jetzt ist sie tot."
Er schaute seine Schwester traurig an. Adela strich ihm über die Wange.

„Es musste sein. Sie hat so viele Menschen auf dem Gewissen."
Edmar nickte.

„Ich fühle mich trotzdem schlecht. Ich ..."Adela richtete sich auf und nahm ihn fest in den Arm.

„Es ist nie leicht, ein anderes Wesen zu töten, aber manchmal lässt es sich nicht vermeiden."
Edmar schniefte und nickte.
„Ich werde schon drüber hinwegkommen."
Adela schaute sich um.
„Wo ist Tata?", fragte sie.
„Birga hat ihn zurück in den Wald geworfen." Edmar zeigte in eine Richtung und in dem Moment kam Tata reichlich zerdrückt und zerkratzt auf die Lichtung zurück und gesellte sich zu ihnen.
„Da bist du ja!" Adela griff nach dem kleinen Gnom, bevor der es verhindern konnte und drückte ihm einen Kuss auf die Wange.
„Runterlassen. Lass Tata runter!", zeterte der, wand sich aus Adelas Händen und begann, sich die Wange mit Gras abzureiben.
„Geht es dir gut?", fragte Adela ihn.
„Pfui, pfui, hat Tata angeleckt. Pfui!", schimpfte Tata, ohne auf Adela zu achten.
„Ich habe ihn nicht angeleckt!", sagte sie ein wenig entrüstet zu Edmar. Der schüttelte nur den Kopf.
„Es geht ihm gut."
Lilia legte ihre Schwester sanft in das Gras und Adela und Edmar konnten sehen, dass Birga im Tod ganz alt geworden war und bereits zerfiel. Lilia drückte ihr sanft einen Kuss auf die bröckelnde Stirn.
„Ich habe nie aufgehört, dich zu lieben und an das Gute in dir zu glauben, so konnte ich deinem Fluch standhalten", flüsterte sie kaum hörbar und eine letzte Träne rann ihr über die Wange.
Lilia sah auf und sah die Geschwister und den Gnom beieinandersitzen und zu ihr hinüberstarren.

„Mit ihrem Tod ist der Fluch aufgehoben, ihr werdet nun nach Hause finden", sagte sie gefasst. Und als ob ihre Worte ein Befehl waren, kam Wind auf. Erst kaum merklich, aber rasch steigerte er sich zu einem wahren Sturm. Edmar hielt Tata fest, damit dieser nicht davongeweht wurde. Während sie sich aneinanderklammerten und die Köpfe einzogen, um nicht von umherfliegenden Ästen getroffen zu werden, begannen sich die Wolken um den Berg herum zu verziehen. Die ersten Sonnenstrahlen fielen auf die pilzbedeckten Baumleichen und bald lag der ganze verfluchte Wald im Sonnenschein. Der Wind wehte den üblen Gestank davon und in der Wärme der Sonne begannen die Baumpilze, zischend zu schrumpfen und einzutrocknen. Überall hörte man die Schattenalben heulen, doch für sie gab es keinen Schutz mehr. Die Dunkelheit verging und im Licht konnten sie nicht überleben. Nach einer gefühlten Ewigkeit ließ der Sturm langsam nach. Adela ließ Edmar los, streckte ihr Gesicht der Sonne entgegen und atmete tief die frische Luft ein. Dann stand sie auf und sah sich um. Lilia hockte an der Hauswand, an der sie vor dem Wind Schutz gesucht hatte. Edmar hielt immer noch den kleinen Gnom umklammert, doch dieser machte sich gerade laut meckernd von ihm los. Sie sah, dass Edmars Haare wieder dunkel wurden. Er schrumpfte und wurde wieder zu einem Jungen, als ob nie etwas geschehen wäre. Adela seufzte erleichtert. Sie hatten es geschafft. Es war die richtige Entscheidung gewesen, Edmar in den verfluchten Wald zu folgen.

Wind kommt auf

Gerno, Hilda und der Rest des Suchtrupps schaute in die Richtung, in die der Mann gezeigt hatte. Was sie dort sahen, ließ ihnen den Atem stocken. Wie eine Wand baute sich die Finsternis auf, dicht und beinahe greifbar kam sie näher, als ob sie sich aufbäumte, um mit einem gewaltigen Satz das Licht zu verschlingen, das sich ihr immer widersetzte. Der Suchtrupp begann zurückzuweichen, als Wind aufkam, der sich schnell zu einem Sturm verstärkte. In dem starken Wind waberte die Dunkelheit hin und her, als versuchte sie, sich mit aller Kraft an den Bäumen des verfluchten Waldes festzuklammern. Doch vergeblich. Langsam riss die Wolkendecke über dem Berg der Finsternis auf. Erste Sonnenstrahlen trafen auf die Finsternis und rissen Löcher in sie. Dort, wo sie auf den Boden trafen, legten sie kahle Baumskelette bloß, an denen schleimiger Belag dampfend zu einer Kruste schrumpfte. Immer lauter dröhnte jaulendes Geheul aus dem Wald. Staunend sahen Hilda und die Männer zu, wie die Dunkelheit zurückwich und die trostlosen Reste eines einst mit blühendem Leben gefüllten Waldes zurückließ. Die Zeit schien sich endlos zu dehnen und dann, so plötzlich, wie der Wind aufgekommen war, ließ er nach. Hilda ließ Gerno los, an den sie sich die ganze Zeit geklammert hatte und ging ein paar Schritte auf die toten Bäume zu. Durch die kahlen Äste konnte man weit sehen. Was sie sah, machte sie zwar traurig, aber jagte ihr keine Angst mehr ein. Sie hatte keine Zweifel. Sie wusste nicht wie, aber der Fluch war von dem Wald gewichen und der Berg der Finsternis war wieder nur einer der Gipfel des

Wächtergebirges. Sie drehte sich zu Gerno um und sagte entschlossen.

„Ich gehe sie suchen. Was immer ich auch finde, ich muss Gewissheit haben. Egal, ob du mitkommst, oder nicht." Sie blickte Gerno fragend an und nach einem Augenblick nickte er, wenn auch etwas unsicher.

„Ich komme mit dir." Er schaute die Männer des Suchtrupps an.

„Ich verlange nicht von euch, dass ihr weiter mit uns sucht, aber ich denke, dass es nun ungefährlich ist und nahezu jeder von uns hat jemanden an den verfluchten Wald verloren."

„Was, wenn es ein Trick ist und die Finsternis zurückkehrt, sobald wir die Füße in den verflucht Wald gesetzt haben?", fragte einer der Männer.

Die anderen murmelten zustimmend und sahen unbehaglich zu den toten Bäumen hinüber, die nun im vollen Sonnenlicht lagen.

„Möglich ist das, doch glaube ich es nicht. Seht doch nur. Die Hunde haben keine Angst mehr. Wenn noch eine Gefahr im Wald lauern würde, würden sie es wissen." Gerno zeigte auf seinen Hund, der an der Leine zerrte und die schnüffelnde Nase in Richtung verfluchter Wald streckte. Auch die anderen Hund jaulten und wollten von der Leine gelassen werden. Die Männer waren noch nicht überzeugt, doch Gerno ließ sich davon nicht abhalten. Noch war für einige Stunden Licht bis zur Dämmerung und als Gerno auf Hilda zuging, die ihm die Hand entgegenstreckte, folgte ihm einer der Männer, dann zögernd auch die anderen. Vorsichtig traten sie zwischen die toten Bäume. Die Hunde wurden von der Leine gelassen. Sie begannen sofort zu schnüffeln und nach einer Spur zu suchen, ohne die Angst zu zeigen, die sie noch vor einer Stunde ergriffen hatte. Das ermutigte die Männer und sie riefen Adelas und Edmars Namen.

Heimkehr

Adela, Edmar und Tata standen am Rande von Lilias Lichtung und schauten in den toten Wald, der vor ihnen lag. Tata ließ traurig die Ohren hängen.

„Alles tot. Die schönen Bäume", schniefte er und zuckte dann zusammen, als Lilia sanft sagte:

„Sie werden wieder wachsen. Es wird nicht lange dauern, du wirst sehen."

Tata sah sie schräg von unten her an.

„Glaubst du?", fragte er misstrauisch. „Toter als das geht es nicht. Das sind die totesten Bäume, die Tata je gesehen hat. Nicht mal der stinkende Pilz, der auf ihnen gewohnt hat, lebt noch." Er verschränkte die Arme und sah Lilia herausfordernd an. Doch die lächelte nur.

„Du wirst sehen", sagte sie noch einmal und wandte sich zum Gehen.

„Warte!", rief Adela ihr zu und Lilia drehte sich zu ihr um. „Was ist eigentlich geschehen? Wie konnte das passieren?" Adela sah auf die wenigen Überreste von Birga hinab, die der Wind nicht weg geweht hatte. Lilia sah sie traurig an.

„Das ist eine lange, traurige Geschichte."

„Wir haben Zeit", meldete sich Edmar zu Wort und setzte sich ins Gras. Lilia zögerte einen Moment, nickte dann und setzte sich zu ihm. Tata fragte misstrauisch, als Adela sich ebenfalls setzte.

„Was macht ihr da? Tata will nach Hause, nicht hier sitzen!"

„Lilia will uns die Geschichte von der bösen Hexe erzählen."

„Kennt Tata schon."

„Aber nicht ganz. Oder wusstest du, dass es auch gute Hexen gibt?" Edmar sah den kleinen Gnom auffordernd an.

„Gute Hexen?" Tatas Neugier war geweckt und er setzte sich zu ihnen. Lilia holte tief Luft. Man sah ihr an, dass es ihr nicht leicht fiel, darüber zu sprechen.

„Meine Mutter war noch jung, als sie merkte, dass sie besondere Fähigkeiten hatte. Sie konnte alle Krankheiten heilen, auch die, die normalerweise tödlich endeten. Sie konnte das Wetter beeinflussen, sodass es zur passenden Zeit regnete. Sie konnte die Pflanzen und das Vieh besser wachsen lassen. Den Menschen in dem Dorf, in dem sie lebte, ging es gut." Lilia verstummte und starrte ins Gras.

„Was ist passiert?", fragte Adela.

„Birga hatte Recht. Menschen können nicht akzeptieren, dass man einfach nur Gutes tun möchte. Sie werden misstrauisch und feindselig, wenn man etwas kann, was sie nicht können." Lilia sah Adela an. „Eine schlimme Krankheit brach aus. Es wurden so viele krank, dass Mutter einfach nicht alle retten konnte."

„Und die Dorfbewohner haben daraufhin deine Mutter für die Krankheit verantwortlich gemacht", meinte Edmar als Lilia wieder stockte. Sie nickte mit traurigem Gesicht.

„ Mutter konnte fliehen. Im Wald traf sie Vater. Er war wirklich ein Jäger. Er nahm sie auf und es dauerte kein Jahr und Birga und ich kamen auf die Welt." Lilia lächelte, als sie sich an ihre Kindheit erinnerte. „Mutter und Vater haben sich sehr gemocht und sind immer liebevoll mit uns umgegangen. Es hat nicht lange gedauert und wir haben gemerkt, dass Mutter mir und Birga ihre Kräfte vererbt hat. Birga hat es immer gewittern lassen, wenn ihr etwas nicht gepasst hat. Mich hat Mama mal ausgeschimpft, weil ich im Winter den Rosenstrauch zum Blühen gebracht habe." Lilia zuckte mit den Schultern und lächelte. „Ich wollte ihr mit einem Blumenstrauß eine Freude machen. Aber sie hat mir erklärt, dass es dem Strauch nicht gut tut, im Winter zu blühen. Sie hat versucht aus Birga und mir gute Menschen zu machen, die einander und andere achten. Aber ..." Lila seufzte.

„Bei Birga ist sie auf taube Ohren gestoßen", meinte Edmar und Lilia nickte.

„Es hat sich irgendwann herumgesprochen, wo Mama geblieben war und die Menschen kamen wieder zu ihr, um sich von ihr heilen zu lassen. Obwohl sie gewusst hat, was passiert, wenn sie mal versagt, hat sie trotzdem geholfen. Und eines Tages ist ihre Hilfe zu spät gekommen und die Bewohner des Dorfes, das in der Nähe unserer Hütte war, kamen, um uns zu vertreiben oder Schlimmeres. Wir konnten gerade noch rechtzeitig unser Haus verlassen und zogen tiefer in den Wald. Birga hat das nie verkraftet. Danach hat sie sich immer weiter von uns entfernt. Es haben sich immer wieder Menschen im Wald verirrt und Mutter hat sie gepflegt und sicher nach Hause gebracht. Sie konnte einfach nicht anders. Mehr als einmal hat sie sich mit Birga deswegen gestritten. Und je älter wir wurden, desto klarer wurde es, dass Birga einen anderen Weg einschlug. Ich weiß nicht, woher sie ihr Wissen über die Dunkelheit hatte. Aber eines Tage starb ein Wanderer, den Mutter bei uns zu Hause gepflegt hatte. Und Birga war bei ihm, als er starb. Ich denke, sie hat ihn umgebracht und da haben wir sie verloren. Mutter hat nie aufgegeben und immer versucht zu ihr durchzudringen, aber Birga hat sich einfach verschlossen. Sie hat sich in die dunkle Scheune zurückgezogen und ist tagelang, manchmal sogar mehrere Wochen lang nicht herausgekommen. Mutter und ich haben versucht, in die Scheune zu gelangen, aber wir konnten nicht, es lag ein Schutzschild darum, den wir nicht durchdringen konnten. Wir haben immer nur die unheimlichen Geräusche gehört und heute weiß ich, dass sie da schon angefangen hatte, die Schattenalben zu züchten." Lilia schluckte und Tränen glänzten in ihren Augen. Adela und Edmar sahen sich betroffen an. Auch Tata ließ die Ohren hängen.

„Eines Morgens wachte ich auf und es war immer noch dunkel. Birga hatte die Dunkelheit über die Scheune hinaus ausgebreitet und ich hörte sie im Schlafzimmer meiner Eltern über sie herfallen. Mein Vater muss versucht haben, meine Mutter zu schützen. Ihn hat sie als erstes erstochen. Ich habe Mutter weinen und seinen Namen rufen gehört. Doch er hat nur noch kurz gestöhnt und war dann still. Birga hat gelacht. Ich war wie erstarrt. Ich wollte zu meiner Mutter, wollte ihr helfen, aber ich konnte mich nicht rühren. Und dann hat meine Mutter plötzlich aufgehört zu weinen. Die Tür zu meiner Kammer öffnete sich und Birga kam herein. In einer Hand eine Lampe und in der anderen den Dolch, von dem Blut tropfte." Lilia schauderte bei den Erinnerungen, die sie immer noch quälten. „Sie hat die Lampe abgestellt, mich an den Haaren hochgezogen und mich in das Schlafzimmer meiner Eltern gestoßen. Ich werde den Anblick nie vergessen. Dann hat sie mich noch tiefer in den Wald gebracht und mich in der Dunkelheit zurückgelassen. Ich höre immer noch ihr Lachen." Lilia verstummte und wischte sich ein paar Tränen von den

Wangen. Eine Weile sagte sie nichts, doch dann warf sie den Kopf zurück und sprach weiter. „Ich habe eine Weile nur dagelegen. Ich war wie gelähmt, konnte mich nicht rühren und nicht denken. Doch dann hörte ich Mutters Stimme in meinen Gedanken, wie sie uns immer gesagt hatte, dass wir nie aufhören sollen, an das Gute zu glauben, dass das Licht stärker als die Dunkelheit ist. Birgas Zauber war noch nicht vollständig und ich habe eine der kleinen Lücken genutzt, um die Dunkelheit über der Stelle, an der sie mich zurückgelassen hatte, zu vertreiben. Ich habe den Schutzschild darumgelegt, den nur eine reine Seele durchdringen konnte." Sie lächelte Adela und Edmar an. „So wie eure."

„Tata ist auch reingekommen!", meldete sich der kleine Gnom zu Wort und bekam ebenfalls ein Lächeln von Lilia geschenkt.

„Ich habe mir das kleine Haus gebaut, das ihr hier seht und mit aller Kraft versucht die Dunkelheit zurückzuhalten. Birga hat erst ein paar Tage später gemerkt, dass ich nicht einfach gestorben war."

Edmar grinste.

Ich kann mir ihren Wutausbruch lebhaft vorstellen." Lilia lächelte müde.

„Nun kennt ihr die Geschichte." Sie stand auf und wollte wieder im Haus verschwinden.

„Was wird nun aus dir?", fragte Adela und Lilia drehte sich noch mal um.

„Ich weiß es noch nicht." Sie sah sich um. „Es gibt hier viel zu tun, bis der Wald wieder gesund ist." Lilia lächelte. „Macht euch um mich keine Sorgen, ich komme zurecht."

Edmar räusperte sich.

„Wenn du mal Gesellschaft brauchst, kannst du in der Wolfschlucht vorbeischauen. Wir werden dich nicht vertreiben."

Lilia lächelte ihn warm an.

„Ich werde darüber nachdenken."

„Tata will endlich nach Hause!", unterbrach der kleine Gnom das Gespräch. Adela nickte, stand auf, reichte Edmar eine Hand und zog ihn hoch.

„Das wollen wir auch, kannst du uns nach Hause bringen, Tata?"

Tata zuckte mit den Schultern und kratzte sich dann an der Nase.

„Tata kann es versuchen. Aber alles sieht so anders aus." Er wiegte nachdenklich den Kopf.

„Ihr müsst in Richtung Westen gehen, dort werdet ihr alles finden, was ihr sucht." Mit diesen Worten lächelte Lilia den dreien noch einmal zu, ging zurück zum Haus und verschwand darin. Edmar schaute ihr mit offenem Mund hinterher.

„Woher sollen wir denn wissen wo Westen ist?", rief er ihr hinterher. „Ohne die Sonne ...", er schlug sich an die Stirn und auch Adela musste lachen.

„Hä?" Tata zog Edmar am Hosenbein. „Tata versteht nicht, warum lacht ihr?"

„Die Sonne geht im Westen unter. Wir müssen nur auf die untergehende Sonne zugehen, dann kommen wir nach Hause."

Tata sah Edmar zweifelnd an.

„Aber im verfluchten Wald scheint die Sonne nicht!", bemerkte er. Edmar seufzte ergeben und Adela lachte wieder. Tata verzog beleidigt das Gesicht und zeterte lautstark, als Edmar ihn kurzerhand schnappte, ihn hochhob und ihm das Gesicht in Richtung Himmel drehte.

„Siehst du Tata, kein Fluch mehr da, aber dafür Sonne!" Tata zappelt herum, bis Edmar ihn wieder auf dem Boden absetzte.

„Ist ja gut", meckerte er. „Tata hat verstanden. Tata hat Hunger und will nach Hause!", verkündete er dann.
Zusammen mit Tata machten sie sich auf den Rückweg. Der Weg war mühsam und beschwerlich. Auch wenn alles tot war, standen die Bäume und das Gestrüpp dicht beieinander. Sie sahen nun zwar, wo sie hingingen, aber das machte es nicht leichter. Eher im Gegenteil. Würmer schlängelten sich auf dem morastigen Boden. Ob sie versuchten der Sonne und der Wärme, die sie brachte, zu entkommen, oder ihr entgegenkrochen, war schwer zu sagen. Aber mit jedem Schritt, mussten sie ihre Füße mitten in das Gewusel setzen. Tata ließ sich widerstandlos von Edmar tragen, denn Würmer mochte er nicht. Er mochte sie nicht essen und auch nicht auf sie treten. Adela war froh um ihre Schuhe und bewunderte Edmar für seine Tapferkeit, das Gekrabbel klaglos zu ertragen. Wenn er sich ekelte, ließ er es sich nicht anmerken. Die Sonne fest im Blick, arbeiteten sie sich weiter nach Westen vor. Es ging bergab und trotz des Gestrüpps kamen sie gut voran. Sie hatten Durst und Hunger und der Weg war noch weit, aber die Vorfreude, ihre Mutter wiederzusehen, trieb sie voran. In ihrer Mühe, sich durch das Gestrüpp zu kämpfen, übersahen sie beinahe den knorrigen Baum, an dem sie Hannos Überreste gefunden hatten.
Halb mit Würmern bedeckt, die, anstatt um ihn herumzukriechen, sich kurzerhand über ihn hinwegschlängelten, saß Hanno an den Baumstamm gelehnt und schlief.

Mit einem Aufschrei stürzte sich Adela in seine Arme und Hanno schreckte hoch.

„Adela?" Er sah sich um und dann an sich hinunter. Mit einem Aufschrei machte er sich von Adela los, sprang auf und führte einen wilden Tanz auf, bis alle Würmer von ihm abgefallen waren. Tata beobachtete das Ganze interessiert von Edmars Schulter aus.

„Was macht er da?", fragte er. Edmar lachte nur laut. Es sah zu komisch aus. Tata zog Edmar am Ohr. „Was macht er da?" Edmar gab Tata eine Kopfnuss und prustete:

„Er ist voller Würmer, hast du das nicht gesehen?" Tata rieb sich nachdenklich die Nase, während er den sich schüttelnden Hanno beobachte.

„Und vom Tanzen gehen die weg? Muss ich auch mal probieren."

Edmar kippte beinahe um vor Lachen über Tatas Bemerkung. Und schließlich war Hanno alle Würmer losgeworden und schaute sich schwer atmend um. Er streckte die Arme nach Adela aus und sie kam zu ihm.

„Würmer! Ich hasse Würmer. Sie sind so eklig, so wie sie sich bewegen, genauso eklig wie Spinnen!"

Ein Schauer rann ihm über den Rücken und Adela drückte sich mit einem Lachen fest an ihn. Hanno schaute sich noch einmal genauer um.

„Wo bin ich eigentlich? Ich hatte mich verlaufen und bin im Wald des Bergs der Finsternis gelandet und überall waren gelbe Augen und dieses Gewisper ..."

Adela unterbrach seinen Redefluss mit einem Kuss. Tata kicherte und hielt sich dann die Augen zu, um dann doch zwischen den Fingern hervorzulinsen, um zu sehen, was die Menschen da taten. Menschen machten doch komische Dinge.

Edmar räusperte sich.

„Können wir dann weiter? Ich habe Hunger und Durst!"

Adela lachte und nahm Edmar und Hanno an die Hand. Tata schielte noch einmal durch seine Finger hindurch und kam zu dem Schluss, dass die komischen Sachen wohl jetzt erst einmal vorbei waren.

Sie gingen weiter nach Westen, der untergehenden Sonne entgegen und Adela und Edmar erzählten dem staunenden Hanno, was sie erlebt hatten. Je näher sie ihrem Zuhause kamen, desto mehr Menschen begegneten sie. Einzelne Menschen, die sich wie Hanno verlaufen hatten, die Jagdgruppe, die dem Wild gefolgt war, das sich in Panik in den verfluchten Wald geflüchtet hatte und die Leute, welche die verschwundenen Menschen gesucht hatten. Alle waren sie noch da. Bald hörten sie, wie jemand nach ihnen rief.

„Das ist Mama!", rief Edmar und stürmte in Richtung der Stimmen. Tata krallte sich laut keifend in seinen Haaren fest, um nicht im hohen Bogen im Morast zu landen. Adela sah Hanno strahlend an und dann liefen auch sie los.

Wiedersehen

„Adela! Edmar!"
Immer wieder rief der Suchtrupp den Namen der beiden. Hilda und Gerno führten die Männer an. Durch das Fehlen der Blätter an den Bäumen konnten sie weit sehen. Gerno machte die Bewegung als erster aus.

„Da, seht doch!" Sein Ruf wurde von dem Schmettern eines Jagdhorns begleitet. Und vor den staunenden Männern sammelte sich die Jagdgesellschaft, die vor Jahren im verfluchten Wald verschwunden war.

„Das gibt es doch nicht!" rief einer der Männer aus dem Suchtrupp und drängelte sich nach vorne.

„Onkel Norfried, bist du das?" Er hatte nach den Zügeln eines der Pferde gefasst und sah gespannt zu dem Mann, der darauf saß, hinauf. Der Mann runzelte die Stirn und versuchte die Zügel aus dem Griff des Mannes zu befreien.

„Ich wüsste nicht, dass wir uns kennen, mein Herr!", sagte er bestimmt.

„Ich bin Randolf, dein Neffe, erinnerst du dich nicht an mich?"
Norfried schaffte es schließlich seinen Zügel aus Randolfs Griff zu befreien.

„Mein Neffe ist sechs Jahre alt, Sie können unmöglich er sein." Er drängte sich an Randolf vorbei. Doch dieser gab nicht auf.

„Du bist vor gut dreißig Jahren im verfluchten Wald verschwunden, ebenso die Männer, die nach euch gesucht haben."
Norfried hielt inne und sah sich erschrocken zu Randolf um.

„Dreißig Jahre! Das kann nicht sein. Wir sind heute Morgen aufgebrochen und dann ..."

Norfrieds Gesicht verfinsterte sich. Er erinnerte sich an die Dunkelheit, die Stimmen, die gelben Augen, wie sein Pferd unter ihm zusammengebrochen war und ihn halb unter sich begraben hatte. Er war so müde gewesen, dass er einfach eingeschlafen war und dann war er wieder aufgewacht. Er schaute nun unsicher auf den erwachsenen Mann hinab, der behauptete sein Neffe zu sein. Eine gewisse Ähnlichkeit mit seinem Bruder konnte er erkennen. Und die Nase und die Augen waren die seiner Schwägerin.

„Ich denke, wir müssen uns unterhalten."

Randolf nickte und reichte seinem Onkel die Hand.

Hilda hatte die Unterhaltung nur am Rande mitbekommen. Ihre Gedanken drehten sich. Wenn diese Leute, nach so vielen Jahren noch am Leben waren, dann waren es ihre Kinder ganz gewiss.

Ohne auf den Rest der Männer zu warten, ging sie weiter und rief immer wieder die Namen ihrer Kinder.

Plötzlich hörte sie Edmar rufen.

„Mama!" und einige Augenblicke später kam er durch das Unterholz gestürzt und fiel ihr in die Arme. Weinend hielt Hilda ihn umklammert und strich ihm immer wieder über die Haare.

„Ich habe dich wieder, ich habe dich wieder ...", flüsterte sie immer zu.

Kurz danach kamen auch Adela und Hanno durch das Gebüsch gebrochen und umarmten Hilda und Edmar.

„Es tut mir so leid", weinte Hilda, doch Adela schüttelte nur glücklich den Kopf. Tata wurde es zu viel. Die Menschen hatten gar nicht wahrgenommen, dass er immer noch an Edmar hing und sie waren kurz davor, ihn zu zerdrücken. Mit einiger Mühe zog er seine eingeklemmten Beine heraus und kletterte an Adelas Bluse und Rock herunter. Dann hockte er sich auf eine Wurzel und verschnaufte. Die letzten Sonnenstrahlen schienen auf ihn herab und er reckte ihnen seinen Bauch entgegen. Sobald die Sonne weg war und es dunkel wurde, würde er auch seine Oase wiederfinden, weil der Wald dann wieder so aussah, wie er es gewohnt war. Da war er sich sicher. Aber erst noch die Sonne genießen. Hilda und ihre Kinder merkten in ihrer Freude gar nicht, dass die Sonne unterging. Plötzlich wurden sie sich der Dunkelheit, die rasch zunahm, bewusst.

„Tata?" Edmar erinnerte sich an den Gnom, doch Tata war unbemerkt von den Menschen bereits aufgebrochen. In der Ferne konnte Edmar noch einen schwachen Schein ausmachen.

„Tata!" Doch es kam keine Antwort.

„Was machen wir denn jetzt?" Hilda war ratlos und plötzlich knurrte Edmars Magen laut.

Neben ihnen leuchtete eine Lampe auf und in ihrem Schein erkannten sie Gerno. Hilda lachte erleichtert auf.

„Wollt ihr hier Wurzeln schlagen oder wollt ihr nach Hause?" Hilda lachte laut und küsste den überraschten Gerno herzlich.

„Nach Hause!"

Am nächsten Morgen stand Edmar im Garten und schaute zum Wald hinüber. Adela gesellte sich zu ihm.

„Meinst du, wir sehen ihn noch mal wieder?" fragte Edmar und Adela brauchte nicht fragen, wen er meinte.

„Du hast ihm jeden Tag Futter versprochen, erinnerst du dich?"

„Ja", seufzte Edmar. „Aber ich habe so meine Zweifel, ob er sich daran noch erinnert. Bald wird in dem verfluchten Wald das Grün wieder wachsen und er wird genug Futter finden."

Er drehte sich zu Adela um und sah dann, dass sie ein paar Erdbeeren in der Hand hielt. Sie legte sie auf einen flachen Stein, dicht bei dem Loch im Zaun. Adela strich Edmar über den Kopf und gab ihm einen Kuss auf die Stirn.

„Vielleicht erinnert er sich doch." Sie drehte sich um und ging zurück ins Haus. Edmar schaute noch eine Weile zum Stein und zu den Erdbeeren, die darauf lagen. Dann wandte er sich mit einem Seufzer zum Gehen. Im Augenwinkel sah er eine kleine grüne Hand den Stein hinauftasten und nach den Erdbeeren greifen. Als er genauer hinschaute, waren die Erdbeeren verschwunden. Nur ein roter Fleck verriet, dass sie dort gelegen hatten. Er lauschte angestrengt und konnte tatsächlich ein leises, wohliges Schmatzen hören. Mit einem Lächeln im Gesicht wandte er sich ab und ging zurück ins Haus.

Danksagung

Ich möchte Renate Kalkowski, Susanne Küssner und Kati Schary für ihre wertvollen Hinweise und Anregungen danken und dafür, dass sie mir ihre Zeit geopfert haben. Ich möchte auch wieder meiner Lektorin Tatjana Heinrich für ihre sorgfältige Arbeit danken, ebenso für ihre klaren, direkten Worte und ihre ehrliche Meinung, die ich sehr schätze. Außerdem möchte ich meiner Kollegin Christina Zeller danken, die mir das Foto für das Cover zur Verfügung gestellt hat.